# 你没读过的诗

杨新宇 编



中国出版集团
東方出版中心

图书在版编目（CIP）数据

你没读过的诗 / 杨新宇编. 一上海：东方出版中心, 2020.11
ISBN 978-7-5473-1703-7

Ⅰ. ①你… Ⅱ. ①杨… Ⅲ. ①新诗－诗集－中国－现代 Ⅳ. ①I226.1

中国版本图书馆CIP数据核字（2020）第193387号

你没读过的诗

编　　者　杨新宇
策　　划　唐丽芳
责任编辑　沈旖婷
装帧设计　钟　颖

出版发行　东方出版中心
地　　址　上海市仙霞路345号
邮政编码　200336
电　　话　021-62417400
印 刷 者　昆山市亭林印刷有限责任公司

开　　本　890mm×1240mm　1/32
印　　张　16.875
字　　数　595千字
版　　次　2020年11月第1版
印　　次　2020年11月第1次印刷
定　　价　88.00元

# 目　录

# 序：被遗忘的诗

杨新宇

起意编这样一部诗集，缘于编者严重的强迫症。多年前偶阅孙望先生所编《战前中国新诗选》，该诗集中不少诗人我当时闻所未闻，当年初读之后，极大地改变了我对于新诗史的认知，虽仅薄薄一小册，私以为，在民国诗选集中其学术价值惟有闻一多的《现代诗钞》可堪与之媲美。这种震撼后来在圣野、曹辛之、鲁兵先生所编的《黎明的呼唤》中，多少再次感受到一些。高峰是用来超越的，此后，编辑一本令人耳目一新的好诗选集便成为我多年的梦想。因之，便有了这本《你没读过的诗》。

《你没读过的诗》实为“我没读过的诗”，书中所选几乎全部为我就读中国现当代文学专业获得博士学位之后方始读到的诗，但若以“我没读过的诗”为书名，实在莫名其妙，遂改题《你没读过的诗》，绝无哗众取宠、调侃读者之意。因为我虽混迹中文系，却是一个从未主动读过小说的人；专业虽在电影学，但一生所爱惟在诗歌。偏颇如我，于民国新诗，尚且有如此之多的盲点，对于其他读者，想必多数篇章也是陌生的。“你没读过的诗”，大约也符合实情。

《你没读过的诗》所选为1949年以后在中国大陆未经收集整理及公开再版的民国新诗作品，但也并不绝对，少数身份并非诗人的，如张闻天、张庚等，其诗作虽已收录于本人文集，但恐不易为新诗研究者注意，邓均吾、田贲等诗人的优秀之作，亦未被研究者注意，未被选入任何诗歌选本，便也一并收入。胡山源、赵祖康、钱江春的诗作虽曾被选入《中国现代文学补遗书系·诗歌卷》《顺着灵感而创作——弥洒社作品、评论资料选》和《中国现代唯美主义文学作品选》，但似乎影响也有限，如“补遗书系”的《诗歌卷》仅印一千册，关键是我自己颇为喜爱，私心作祟，便也收录进来。同样，李长之的《泥水的小塘》，虽也已收入《李长之文集》，但因出版社标注日期有误，且已误导了学者，因此也予以收入，得蒙于天池与李书老师惠允，为此要特别感谢他们的慷慨大度，但该诗末尾所署的日期“廿五年”又恐是“卅五年”之误。其他如陆志韦、冯雪峰、罗念生、刘荣恩、林庚、周定一诗作，因是近年刚被收入诗选或个人文集，为扩大传播起见，也予以收入；而本人发现的林徽因的《唐缶小瓮》，甫一发表，便被收入新版的《林徽因诗集》，但我作为发现者，还是想在本诗集中享受一下“发现的愉悦”。需要啰嗦一句的是，之所以以民国为界，是由于我是一个文学断裂论者，民国虽短短三十余年，新文学不过处在起步期，幼稚在所难免，但在历史长河中，民国这一段势必占据重要的地位，因为这是从古代向现代的过渡时期，新旧交替的特质自然反映在文学上，现代文学的独特韵味在1949年后再不可得，即便台湾文学也承继无多。具体到新诗，有人曾有“唐诗宋词元曲、明清小说、民国新诗”

的提法，虽然恐怕难以得到公认，但民国新诗的成就确实是有目共睹的。

当然，近些年来，现代文学史料的工作已有较大的进展，本书原拟收入的郭子雄的《春夏秋冬》，已收入“狮吼社”的作品选集，遂改选《一瞥》；我找到的穆旦发表于《平明日报》的《X光》，2014年出版的《穆旦诗文集（增订版）》，已收入了该诗发表在《今日评论》上的版本，另一篇《记忆底都城》也已收入，只好舍弃；屠岸的《给——》，也早已收入《新文学大系》，贾芝的《水手和黄昏》，也已收入《贾芝诗选》，都不能选；成弦的《过朱金故居》也已被收入《东北现代文学大系》，便不再选。郭尼迪的《火车怀念者》，在本书编好之后，才发现早在80年代就已收入《中国四十年代诗选》，但实在是好诗，近30年过去，仍知名度不高，所以仍予收录。刘火子的《问》，得刘丽北女士提醒已收入香港出版的《纹身的墙》，蒙刘丽北女士惠允，仍予收录。同样，邹绛的诗也曾收入香港出版的《现代格律诗选》，本书也予以收录，毕竟港台的图书仍不易读到，好在本书主要面向的是诗歌爱好者。新诗研究者、现代文学史料专家若阅读此书，想必会遇到许多熟面孔，事实上，书中有些诗作已有学者写过辑佚文字介绍过，但学术期刊毕竟读者有限。因供职高校，有发表论文的需要，有些诗作我本人也曾撰文在学术期刊披露过。完全录自别人文章的有陈梦家和于赓虞的诗，分别辑自孙原靖老师与王贺老师的文章。

《你没读过的诗》所选为值得记诵，应当传世，却未经有效传播，长期遭到埋没的优秀作品，选诗依据“感性而性感”的标准，不拘何种流派，浪漫主义、现代主义，甚至现实主义也好，只要初读之后便能给读者留下深刻印象的，便在可选之列，虽不歧视直抒胸臆、排比等写作手法，但质量不高的，即便是名家之作，也绝不收入。编选尊重诗人自身的价值判断，我甚爱卞之琳的《在异国的警署》，以为诗中体现的“相对性”不逊于诗人其他的作品，但对待自己诗作极为严苛的卞先生本人，却极不喜欢此诗，“不想留存”，只好不选，好在此诗在浙江文艺出版社的《鱼目集》第3版中可以读到，有兴趣的读者可以一阅，卞之琳先生自己也承认，“读诗确乎可以读出诗作者自己本没有意识到的意蕴”。同样，诗人诗作往往经过多次修改，一般而言，除非出于政治因素的修改，诗选应尊重诗人的最后定稿，如本书中所选罗吟圃诗，在其收入个人诗集时有所修改，理应收入改定版本，但罗吟圃诗的修改与初版相差不大，选择初版本，可按发表时间将之排得较前。本书每首诗后都附了作品发表出处，胡怀琛、汪静之、陈衡哲、侯汝华、方宇晨、霍薇、唐祈、王巨儒等人诗作曾在多处发表。为美观起见，发表出处只署一个，收录的基本都是第一次发表的版本，但有些文字错误也参照其他版本进行了校改。每位诗人只选一首，一来限于篇幅，二来也方便操作，而有些诗人也的确仅发现其一首集外诗而已。也因此，书中选了马御风诗，此马御风究竟是否柳木下笔名，实难断定，故柳木下诗只好不选；另一位苏金华或恐为苏金伞之误，但无证据，只好仍署苏金华，苏金伞诗则不选。

我虽热爱诗歌，读诗却浮光掠影，更未做过专门的新诗研究，因而水平有限，如卞之琳的笔名薛邻，南星的笔名林檎，周为的笔名冯异，直至最近才知晓；傅斯年的《自然》原拟收入，皆因我孤陋寡闻，竟不知傅斯年早有全集行世；原拟收入的杜运燮的《孕》，诗人1949

年后在中国出版的个人诗集中并无此首，而我一直读的“九叶派”诗歌选集是《九叶集》，《九叶派诗选》未仔细读，我便一直以为《孕》是诗人的集外作品，最近才知不但《九叶派诗选》，而且《西南联大现代诗钞》也早已收录。可见“说有易说无难”，集中所选或有早已被人整理过的作品，或有所署笔名未被我识别的作品，甚至也可能有未被我识别的抄袭之作。加之时间紧迫，寻诗本是雅事，本拟悠游以对，依赖长期积累，奈何出版在即，编到最后已身心俱疲，难免虎头蛇尾。许多佳作尚可查找，却无暇继续，只能付之阙如。尤其因本人文件管理能力极差，存在电脑中的屈楚的《晨歌》以及周作人、田间、平林杏子、羊翚等人的诗，后来竟不知所终，是为本编之遗憾，但人生既如此，亦无需叹息。诗作依发表时间编排，难以确定时间的，只好不那么较真了。此外，因字迹漫漶，或有误认，诸如此类，编辑中失误粗疏之处恐在所难免，诚望专家指出。

中国特色的诗选集为三百首，我亦不能免俗，谁知“根本停不下来”，遂拟增为“365夜诗歌”，又怕逼疯出版社编辑，只好适可而止。同样限于篇幅，长诗也尽量不选，如孙洵侯的诗舍弃了较长的《人》而取《小草》，胡明树则舍《旱海》而取《我，有两个》。集中所选诗歌或许并非诗人最优秀之作，有些因本人水平和鉴赏力有限（读者或可察觉编者对诗歌的偏见，所选多吟咏自然、爱情、生命及艺术本身的诗作，能呈现出画面感的尤多，风格则偏好含蓄与奇崛，既敏感于瞬间的体验，又服膺于深度的抒情，尤其写出惊人“名句”的，更为本人青睐）；有些诗则确实颇难取舍，如沈明的《夜航》仅仅因为集中已有两首《夜航》，便被舍弃而改选了《给小纹》。

一首诗乃至作诗的诗人，自有他的命运，但诗歌确实极易被埋没。现代三十年是战乱频仍的年代，如吴奔星当年在大学时代就将诗集《暮霭》《春焰》编就，却因“七七事变”未能出版；又如李瑛，1948年时曾出版诗集，刚发行没多少册，就被当局查禁，连他自己也没看到。很多作品此后再无机会结集出版。穆旦《诗》中说：“印在一张黄纸上的几行字，等待后世的某个人来探视。”众多不合时宜的诗作被埋没在图书馆的灰尘里，其中必定有打动我们心灵的珍宝在。吉辛说：“对于抒发心灵的作品，只有一种检验，那就是让后世人去判断，如果你写了一部伟大的作品，后人也自然会知道它。”高建国先生在谈到陶晶孙时说：“被历史遗忘的人物好似陈酿美酒，一旦揭坛便溢香满室。”被遗忘的诗自然也是如此。诗选的出版，既可告慰诗人的劳动，又可发扬诗歌文化，为诗歌爱好者提供新的精神养料，亦具一定的学术价值。诗集中选了不少无名诗人作品，不是为了扰乱新诗研究的秩序，名不见经传的崔灏、崔护不过因一首诗而留名文学史，张若虚则“以孤篇压倒全唐”，宋祁更只因一“闹”字便卓绝千古，新诗亦然，无名诗人亦可有一流作品。从浩瀚的新诗海洋中撷取三百多篇遗珠，实在易如反掌，是书之选，旨在抛“砖”引玉，期待现代诗歌更为完备的整理（如吴心海先生所编《暮霭与春焰》一书，可算近年来民国新诗整理的范本），自然这“砖”，是指拙编，并非集中所选诗歌。

诗集编选过程中，承江巨荣、余太山、陈子善、王兆鹏、李光荣、汪鹏生、吴心海、薛龙和、黄恽、郭娟、张芙鸣、阳凌、苏永延、张华、朱翊晖、常立、易彬、郝付云、胡荣、高太梅、杨新莹、尧育飞等师友帮助联系版权人，特此致谢。尤为感动的是，吴心海先生在为我联系多名版权人的同时，更慷慨提供了他在整理《暮霭与春焰》之后新发现的吴奔星诗作，并推荐了其他诗人的佳作。我所联系到的版权人均对本人的工作表示了极大的支持，限于篇幅，无法一一致谢。特别需要指出的是，年近九十的赵易林先生不但惠允本书收入赵景深诗作，还热情推荐了邓颖超早年的诗作《竟肯》。曾有几本书收录过《竟肯》，但文字均有讹误，我去查阅了原报，加以了纠正。而2014年已经96岁的杨苡先生，对于收入的赵瑞蕻诗作，觉得其内容与赵先生生平有不合之处，嘱我谨慎考查，以确定是否真是赵瑞蕻诗作，并指出原文中意大利文"《十日谈》"的排印错误，还为我介绍了方宇晨、萧荻的生平，又与女儿赵蘅老师热情推荐了成幼殊诗作，而对于我收入她本人诗作的提议，却婉言谢绝，谦称自己的诗作"不灵"，直到2019年（恰好诗集因故延迟出版）经我苦苦央求，她才准许收入一首《生日》。成幼殊的《赠别》，曾改题《你带走》收入她的诗集《幸存的一粟》中，此诗颇为动人，蒙成幼殊先生同意拙编收录其原初版本，是我莫大荣幸。臧小平老师则与我详尽讨论了臧克家《舍利子》末句中的动词究竟是"歃"还是"饮"的问题，其认真的态度与对父亲诗作的尊重，颇为令人感动。《舍利子》末句"用自己的红血'饮'这座庙堂"，因原文不清晰，刘涛教授曾将"饮"之断为"歃"，我则认为是发yìn音的"饮"字，经请教敝校相关古文字专家，他们也认为原字形似隶书"饮"字，而不太可能是"歃"。吕宗林先生继承其父衣钵，亦是诗人，提供了吕亮耕诗作的另一版本，并主动提出将自购十本诗集，以示支持。然毕竟年代久远，虽在网络时代，除某些孤儿作品的作者难以确定外，有些知名诗人的版权继承人仍无从联系，恳请版权人能够体谅编者的局限与苦衷，诚望见书后与我联系，以便奉寄稿酬与样书。

还需说明的是，民国图书报刊的排印水准众所周知，普遍是比较低劣的，错误所在多有，但为保持版面整洁，本书不一一作注，原文中明显的排字错误，径自改动，需要特别说明的统一整理在这里，普通读者可以跳过这一段：

邓颖超《竟肯》中第二个“有希望”原文为“有希服”。吕伯攸《小菜场边》中“红萝卜”原文为“红葡葡”，不知是何物种。张芳轩《缩小》中“入”原文为“十”。林文铮《湾西》中原注未录，湾西是“柏林城外之名湖”。王平陵《最后的一杯酒》诗名前尚有小字“慢慢地喝完”，诗中最后一个“慢慢”原文为“漫漫”，“Dionysos 是希腊的酒神”的注未录。邵冠华《幻觉》中“我想把我的红泪掷给破城上底雨珠”，第二个“我”，原文无，文句不通，遂加之。钱伟长《荷叶上的露水》中三处“地的”，当属民国时期的欧化用法，予以保留，“能——它受到赏识”一句则恐为排印错误，改为“能令它受到赏识”，“暗樾樾”一词也改为“暗魆魆”。蹇先艾《女人的容貌》中“夭矫”原文为“矢矫”。吴士星《曙》中第二段的“在刹那间真的逸去一个黑影”，原文为“我刹那间真真的逸去一个黑影”。甘永柏《磨坊曲》，又曾以《七月》之名（作者名署甘雨纹）刊《诗刊》1932 年 7 月 30 日第 4 期。陈江帆《退居》末句中“做成”原文为“做虎”，令人匪夷所思，遂改之。常白《无题》中“从未”原文为“从末”。林蒲《蝎子》中的“螯剪”原文为“螯剪”。孙羽《幻住》中的“倚树观原上的村子”原文为“倚树观原上最村子”。臧克家发表诗作的《文化先锋》，版权页印1943年2月11日，封面则印10日。许幸之《酿诗》中“窸窣”原文为绞丝旁，电脑打不出。李金锡《米虫》中，“我蜷蠕在稀薄的食物卤里”的“卤”原为“硵”。芥子《弦子》中最后一个“弦子”，原文为“孩子”，显系形近而误。李瑛《水松和马尾藻们》中的“波涛”原文为“湿涛”。田贲《我的歌》中的“检视”原文为“捡视”。成幼殊《赠别》中“壮丽”原文为“庄丽”。李拓之《哑笛》中的“盛开生命之芳蕊”原文为“劳蕊”。钱今昔《黑夜吟》中“如练”原文为“如炼”。彭燕郊《跨越》中的“灰暗沉重的大气里继续着”原文为“继侍着”，“足音”原文为“走音”。王统照《是一片金霞》原题误作《是一篇金霞》，诗中“豆荚”原文为“巨荚”。艾青《赠诗》中“明确”原文为“明榷”。蒋敦《星语》中的“芒”原文为“茫”。汪铭竹《题画》中“江上清风”原文为“江山清风”。改动最大的是刘振典的《气象学》，诗中“使冻结的胸坡变作暖流，纵有热情的阳光照耀”一句意思不通，遂改动顺序为“纵有热情的阳光照耀，使冻结的胸坡变作暖流”。此外，罗念生诗中的“想像”，叶绿素诗中的“钩出”，按照现在的汉语规范分别改为“想象”和“勾出”。或有妄改之处，望识者教我，但为保持作品原貌，尊重民国时期的用字习惯，“那（哪）”“底(的)”“绉（皱）”“赞讼（赞颂)”等字词一仍其旧。

张闻天《法朗克的舞踊》中的“法朗克”是当时在夏令配克戏院演出的女舞蹈家。陆志韦诗中的“佛近尼”，当指弗吉尼亚州，跟“佛”没什么关系。滕刚《城市之春》诗末“五台山”当指南京五台山，不是山西五台山。应寸照《三人之夏夜》中“枫叶”是诗人名，不是树叶。陈梦家《给曼妮·安》与他《铁马集》中的《海天小歌》

有字句的重复。陈敬容的《诗一首》，后被诗人大刀阔斧地删削成《静夜》，然《诗一首》亦自有其价值，得蒙沙灵娜教授惠允收入。但所选诗歌中仍有字词不可尽解之处，如林文铮《湾西 Wansee》中首句“我不能如花范子”，称范蠡为“花范子”，不知何故？陈江帆《退居》中首句“光居这乡村”之“光居”，或是“退居”之误；魏精忠《星之歌》中的“歌情”，不知是否因“歌颂”手写体近似而造成的误植，均未敢擅改。刘荣恩的《银壳上的一幅图画》，诗人茱萸在网上有文章说到，在刘荣恩诗集《五十五首诗》的目录中，此诗名为《蚌壳上的一幅图画》，但是“蚌壳上的图画”，不可想象，因此本书仍收入后发表在刊物上的“银壳”版本。此外，宋衡心的《棕色的海浴》中有若干字句难以索解，夏洛希的《垂直线之歌》也有拗口之处，难以判定是否当时印刷错误，但他们的诗作风格比较独特，因此仍将这两首诗保留。

诗人生卒年均引自较可靠书报，绝未从网络上抄录，但因本书非学术论著，恕不一一注明。少数诗人生年有多种说法，如陈衡哲生年一说 1893 年，王世颖一说 1901 年，钱君匋一说 1906 年，李拓之一说 1913 年，只能选择我认为更可靠的说法。另外，诗作者中，弦平是否饶弦平，谢豹是否谢啼红，未及考证。所选艾青诗，与他的其他诗作风格迥异，此艾青是否即蒋海澄亦待考。诗集中凡未特别注明的《大公报》《益世报》均指天津版。

## 胡怀琛（1886—1938）

### 春怨

关着窗子睡觉，
打个梦儿的草稿；
怕被灯知道，
索性把灯吹灭了。

《民国日报》1921 年 3 月 6 日

## 王世颖（1902—？）

# 自然厚我

民国九年夏，伍君蠡甫赠我《山居清夏图》一幅。我虽然不懂画，看了却生出无限的精神的美感，愧无以报，随便写几句谢谢他。

看哪——
这重重叠叠的远山，
　是无锡的惠山？
　是西湖的孤山？
　是北京的西山？
　还是最高的喜马拉亚山？
这密密疏疏的树林，
　是巍巍的梧桐？
　是蟠龙的卧松？
　还是低头含羞的杨柳？
这纵横倒竖的石峦，
　是虎邱的顽石？
　是米颠拜的石？
　还是精卫填海的石？

这高楼危坐的古人，

　　是仙人？

　　是凡人？

　　是魏人？

　　还是晋人？

嗄！

管他是什么山、树、石、人。

总之——

这是“自然”所有的东西，统统都赐给你了。

你是“自然”的传导器；

你是“自然”的摄影机。

不看见你的作品吗？

使我解脱了一切物质世界的痛苦和烦恼，

去到艺术之自然的世界里。

蠡甫！

我谢你的厚仪。

不！不！

我那里可以谢你，

我还要先谢了“自然”，

再谢你呢！

十，三，八，晚八时

《民国日报·平民》1921 年第 42 期

## 查猛济（1902—1966）

# 读毅成失恋诗

他含着所谓一个可爱的伊，
　伊却藏住了另一个他。
有伊没有？是他不是？
　我不耐烦细细地替伊们打算；
只可怜，这是一桩很伤心的事，
　更有那首伤心的诗。
精神的快乐，
譬如荡舟，
　望那岸移到这岸来；
又如看画，
　从这面翻到那面去，
这苦痛谁也没有？
我读这伤心的诗，又引起了我自己底无限伤心事，
我纵不关情，
　怎能把这副眼泪顿时收起？

《民国日报》1921 年 3 月 17 日，署名猛济

## 谢　寅

# 春日小孩子

春光来世界，
洗净了颓残的景象！
树头上生满红花和绿叶，
小鸟也唱着自由的歌。
　活泼泼的孩子们：
　歌着，舞着。
　自然使他们乐，
　他们也乐自然。
母亲见了！
再看树头上的花，叶，和小鸟，
伊面上带着笑容，
有一种说不出的乐趣。
因为花，叶，小鸟和孩子们都是
一样的！

《广州晨报》1921 年 4 月 2 日

## 陈南士

# 诗人的欢喜

午后过市，见一卖铜器小贩，手《女神》读之，不觉惊喜赞叹。

你能够听取诗声，
你便是女神所要寻索的人！
你若为了一切愁烦，劳苦，
要从伊求得安慰；
我相信伊真能给你的。

诗声散布市上；
诗声散布田里；
诗声散布工场；
诗声散布各处。

诗声超度了各人的灵魂。
这便是诗人的欢喜。

《诗》1922年1月15日第1卷第1号

## 野　人

# 甚么是我的作品

我赤光光地堕下地来，

　甚么也不曾为我所有。

却只被万有包罗；

　尘海茫茫；

　更有了一个这么的我。

我赤光光地立在地上，

　甚么也不曾努力。

只不过跟从着自然，

　起，居，生，息。

谁能够有甚么？

　谁能够作甚么？

只有那伟大的宇宙，——

　只有他孕育了你我。

我能够作甚么；

　　而且甚么是我的作品呢？

我何敢“贪天之功”，

　　冒渎我那神秘的小友？！

一三，六，一九二二

《青年文艺》1922年第3期

## 张闻天（1900—1976）

# 法朗克的舞踊

在那幽暗的淡绿色的电光底下，
在那荡漾的，流动的四弦琴的声音之中，
　轻纱像梦一样地飘浮着，
　白臂无力地颤动着，
　更笼罩着那梦幻一样的忧愁之雾！
那微细的，易于出血的我的灵魂，
毫不抵抗地架起那空想之翼，
追随了这复合的神秘之流动，
到了一个忧愁所不知痛苦所不解的海岛！
拂拂的南风，
木香棚上盛开着的木香花，
远地里唱着恋歌的小鸟，
还有那在空幻之网上飞舞着的，——
因了无力而贪求着睡眠的法朗克啊！

觉醒了现实而悲哀的我呵！

一九二二·五·二十八·上海

《民国日报》1922年6月9日，署名闻天

## 叶伯和（1889—1945）

### 自题小照

像，是照的我底形影；
诗，是留的我底声音。
唱着诗；看着像；——
便是我个人底“有声的活动写真”。
也许说是我永久存在的生命?

《草堂》1923年1月20日第2期

张近芬

## 花园里的病人

太迟了罢？莺儿！
花已吹掉了，
夏天的田地已成熟了，
还用着这春声吗？

哦，春呵！
什么时候才泄漏你底春光，
如我当年死了？
或许你也远行了，
怎样会遇见我呢？

《民国日报·妇女评论》1923年第81期，
署名CF女士

## 邓颖超（1904—1992）

# 竟肯

一朵红色的玫瑰花，
栽植在春天美丽的花园里。
伊呈艳含笑的开着。
温和的日光笼罩着伊，
愈显得伊美丽。
伊也很喜悦，努力不停的向上滋长着！
伊是可爱的哟！
伊是有希望的哟！
但伊不自爱，不自卫，不自量，
甘任伪诈的蜂儿卧在伊的纯洁的心房，
锦绣的怀里，
任意的恋着……
伊亦愈呈媚欣笑；
自以为得到伴侣幸荣！
但伊邻近的朋友们对着伊，
只有充满感慨的心琴滴出这样的调子：

"唉有希望的伊哟！竟肯……

哦！人的变啊，

事的变啊，

物的变啊，

一切的变啊，

都是不堪思忆的啊！"

《新民意报》1923 年 3 月 1 日，署名颖超

## 赵祖康（1900—1995）

# 夏夜独行黄浦

### （一）

月光照着的水光，
水光映着的月光啊！
看着你们的流动，我的生之力扩大了；
见着你们的光明，我的心也如明镜了。
你们使我快慰，
　　使我哭泣，
　　使我清凉，
　　使我狂热。
因为你们的流动和光明，
便是你们和我的生命。

### （二）

月光照着的水光，

水光映着的月光啊!

你们相望着,

　　相对着,

　　相照着,

　　相吹着,

你们光明,

你们皎洁;

你们流动不息,

你们运行不绝,

你们缺时能圆,

你们汐时会满。

你们是天地间第一对圆满的恋人呵!

我要加入你们的中间，结成一个三角的关系。

一九二二年七月于上海

《弥洒》1923 年 3 月 15 日第 1 期

## 吕伯攸

# 小菜场边

小菜场边的柱上，
我见了那用粉笔画着的
东倒西歪的火车，
我便想起了我那顽皮活泼的小弟弟。

那卖歌的老人，
把三弦弹出许多悦耳的歌曲，
使听的人都快乐了；
但是，
他自己的眉峰还是紧蹙着。

小乞丐的一声“小姐”，
便换了伊的一个铜板；
只有我曾经费去的心血，
永远得不到一点代价。

筐子里卖不掉的红萝卜,
好像带着哭声和我说:
“你买去吃掉了罢,
免得我再受人间的寂寞了。”

一九二三·三·七，于民厚里口

《民国日报》1923 年 3 月 27 日

## 崔真吾（1902—1937）

### 海水

海水很欣幸的向记忆说:
“这一霎，好安宁呵！”
记忆道:
“前一刻呢？”
海水又向想象说:
“这一霎，好安宁呵！”
想象道:
“这一刻……再过一刻……呢？”
海水绉着眉不复问了。

十一，十二，二十九，沪江

《诗》1923 年 4 月 15 日第 2 卷第 1 期

## 钱江春（1900—1927）

# 割舍

青青的小虫，
爬在淡黄的花萼上，
我为花的缘故，
一举手，
把虫弹去了。

一九二三，一，十九，于上海

《弥洒》1923 年 5 月 15 日第 3 期

## 王怡庵（1901—1938）

# 江边

江边的风景，
和着她的娴静：
这是绝世无双的画幅，
表现在我静洁的心上。

我们的谈话，
只有江水听见的；
江水的谈话，
我们也听见的。

一朵一朵的白云，
泛在蔚蓝的天上。
一朵一朵的红云，
泛在她的腮上，

是春风么？

是桃花的香味么？

我们融化了的身心，

并没有知道。

《浅草》1923 年 7 月第 1 卷第 2 期

## 陈炳琨

# 热情之歌

春天已深深地来了，
自是你们唱的时节了。
唱么，蛙，远远近近的蛙！
那满铺着绿茵的池角塘边，
不是你们最好的歌场么？
那夜鸟声，溪流声，微啸的风声，
正和着你们唱呢。
还有那月光，星光，倒映着天影的水光，
也正照着你们唱呢。
春天已深深地来了，
自是你们唱的时节了。
唱么，唱——唱阿！
尽热情地开怀地唱阿！

十二年四月二十六日

《新时代》1923 年 7 月 15 日第 1 卷第 4 号

## 陆志韦（1894—1970）

# 杂感五

佛近尼山间的红屋顶，
理安寺路上的青竹子，
　抽两片旧游的痕迹，
　成一幅梦化的画图，
　那也是我的新诗。
写下来罢，
　太阳出来露水干了，
　再找不到图画的声音。

七月一日侵晨

录自陆志韦著《渡河》，亚东图书馆 1923 年 7 月版

## 赵吟秋

### 白云

碧青的天上，
浮着片片的白云；
是一首绝妙的新诗，
是自然的作品。

《诗与小说》1923 年 9 月 1 日第 1 卷第 1 期

## JC 女士

# 自嘲

我在凄凉的篮里,

接收了我的命运之花。

我有自由将它枯萎,

我有自由将它灌溉,

我有自由将它采撷。

我有自由将它遗弃。

虽说是凄凉呀,

倒有几分凄凉中的遂意。

一九二三,九,十五

《晨报·文学旬刊》1923 年 10 月 12 日第 14 号

倪懋芬

# 迷失的心灵

一片烟雾迷濛的广漠的平原，
隐现着无量数的扰攘不息的魔鬼，
我带了我的纯洁而不可灭的生命之灯，
凄凉孤独地一个人摸来摸去。
一阵阵塞鼻的腥烟瘴气，
逼迫我，要我微弱的生命了。
我噎着喉忍不住的急叫了一声：
“爱神呀，救我！”
于是魔鬼们在路旁闪开而静立，
她慢慢的从那光明的大道上来了。
她伸开了两只嫩白的臂膊，
紧紧的把我搂在酥软的怀中。
我的恐怖的心情，给她的甘芳所镇定了；
我睁开了迷惘的眼，偷看我的生命之灯，
还是灿烂闪烁地一样儿燃着。

但是一片烟雾迷濛的广漠的平原，
还在隐现着无量数的扰攘不息的魔鬼。

八，一六，一九二三，于皖垣

《中华新报》1923年10月28日

张芳轩

## 缩小

现在我绝不像——
以前那样笨重了；
我将要缩小我的身分，
缩小的像一只鸟——
逃在密林里；
或者缩小的像一个蜘蛛，
藏在一个灰白色的丝包里；
或者竟缩小的不可知，
混入空气里。

《晨报·文学旬刊》1923 年 12 月 1 日第 19 号

## 胡山源（1897—1988）

### 点滴（三十）

化作了气还有气息，
化作了烟又有烟味，
化作了灰更有灰色；
如何寂灭？

《弥洒社创作集（第二）》1925年10月版

## 顾敦鍒（1899—1998）

### 夜眺

寂静夜，寂静夜，
青光裹沐着的全世界。
那时有人凭窗远眺，
偶然一微笑。

十二年八月

《弥洒社创作集（第二）》1925 年 10 月版

## 冯雪峰（1903—1976）

# 菖蒲

在美好的五月节，
我希冀得一枝菖蒲——
绿绿的，一把快剑似的——
它是生活着的风标，
菖蒲是苦辛生活的记号。

我要把菖蒲插在马路边上，
我把它插上公寓的窗栏，
教菖蒲在风里飘摇。
生活实在埋葬我，
菖蒲是埋于苦辛生活的人的记号。

忘却，欣悦，酸辛，或是哭泣，
将暂时随菖蒲的飘摇的所止。
我的苦辛，
将因一枝菖蒲而表现，而告诉……

一九二五，七

《国民新报副刊》1926 年 2 月 9 日第 63 期

## 倪贻德（1901—1970）

# 紫藤花开的时候

紫藤花开的时候，
年轻的蜂们结队来游，
那是香国里娇养惯了的歌神，
听哟，她们正奏弄起爱与欢乐的琴音！

和煦的南风从海上吹来，
美的夏梦由暗淡的春愁中展开，
犹如在风光明媚的晴暖之晨，
与爱人儿醉卧在地中海之滨。

花底下穿过了的丽人之影，
她的身躯儿在光与影间嬝嬝娉婷，
微风吹过她翩翩的裙裾，
长余幽香在芳冽的空气里。

录自倪贻德著《东海之滨》，光华书局1926年3月版

## 朱　湘（1904—1933）

### 诀别

有什么同诀别一般？
　梦回的惆怅：
霎那前的热烈、欣欢
　已不知去向。

《小说月报》1926年6月10日第17卷第6号

## 罗黑芷（？—1927）

# 忆

他偷偷地走到了这房中，
悄悄地将自己爱着：
“且坐下去罢。”
那鸡鸣，那钟声，和那窗外有香味的晓色
还是和那年一般的，没有丝毫的变动：
谁在拨弄那钢丝琴的高部的音键呢？
一个音喊出了茫然的喜悦，沉了下去，
又一个音拖长着空洞的叹息，嘶了出来，
这样地在键盘上徐徐滚动，
而跟着晓日的第一道光线以迸散了，
正像那空中的卷飞的轻云，
正像那奏乐人的披散而待梳洗的青发，
正像那一瞥而逝但曾经是盈盈的眼波：——
是这般的声音呵，绕着他过了三年。
他悄悄地在这儿坐着，

享受了这一顷刻,

感到他自己真是个可爱的人儿。

十五年，七月七日

《文学周报》1926 年 8 月 1 日第 236 期

## 朱布权

# 楼上

在暮霭氤集——
　月儿照耀的时光；
蓝空的星彩，
　与地上的灯火的辉煌，
密密地紧紧地。
　织成了一段断续的银河模样，
若是无灰墨的静物比衬着，
简直使我迷茫的视线——
　辨不出是浮浮的天空呢，
还是沉沉的地上？

《民国日报》1926年8月3日

## 穆木天（1900—1971）

### 呈灵凤

永久关锁住罢　修道院里　深情
听　滴滴雨水　滴滴在　青铜　盘中
　——寂寞——无人——空庭——
幽挚里　乳醉进　点点　废钟

永久掩盖住罢　苍白壳里　猩红
凭　薄薄心思　薄薄在　白云　纱中
　——荒凉——无语——薄瞑——
沉默里　深浸入　我我　心层

二六，五，一五，出版部

《幻洲》1927 年 3 月 16 日第 1 卷第 10 期

## 陈振声

### 凭眺

渺遥的　苍翠的　碧空下
黄嫩的　幽寥的　江涯边
凭　着　剔透的　雕　栏
寂然的　孤立着　一个我

黄澄的江波　凯旋地　微奏着　它那韵律的　天然的乐音
醉醺的春风　悠拂地　低哦着　它那轻盈的　融荡的歌吟
谐和着　轻捻的披亚娜　铿锵的　美妙的　琴韵
平匀了　烂漫的少女们　莺呖的　清越的　喉声
潜移了我　幽寂的　心灵
我一时的　陶醉在　大自然里的核心

《光华期刊》1927年6月30日第1号

刘　枝

## 我是一只镂金的陶瓶

我是一只镂金的陶瓶，
未曾注过芬芳的酒浆；
被灰色的绳子系着，
搭在骆驼的峰上。

骆驼肥软的四蹄
步着炎炎的路程，
不加紧也不放松，
缓缓地向前移动。

天空铁板覆盖，
遍野黄沙茫茫；
何处有点滴的露珠
来润我焦灼的胸腔！

驼颈上疲倦的铃声

苍蝇似的绕过我的鼻端，
忽而响声加厉，
又似铁蹄踏耳。

蛮风自赤道上吹来，
响着赤黑的长尾；
烈日伸出火焰的舌头，
在我周身舐舔。

瘴气有如仇人的诟骂，
充满我虚弱的胸腔；
它又喷着绿烟在我周身烘烤，
衰退了我青春的华光。

暗空中跳出一颗红星，
有如彼美的疾视；
伊曾一度擎我在手，
后便掷我桌底。

沙面上迷离的痕迹，
有如美人的唇印，
伊们曾痛饮过葡萄酒浆，
尚有余息芳芬。

那芳芬的余息
鬼影似的浮动在我的四周；
复伸出惨白而又可爱的手来，
想把我捉入沙土。

呵！沙漠的旷野
不易得甘芬的泉水；
阳春葳蕤的绿叶
不能永在树枝。

榛莽中片片的碎瓦，
那是陶师的初心；
空间粒粒的微尘，
不过是时间的俘获。

何日绳子磨断，
掉我在坚硬的石上？
整个儿摔破哟，
返我个自然！

《小说月报》1927年7月10日第18卷第7号

## 唐圭璋（1901—1990）

# 浔阳曲

一片江月，
照着枫叶芦花。
可笑他江州司马，
千呼万唤那商妇的是他，
泪湿了青衫的也是他，
他倒是歌哭无端的司马！

说起了江州司马。
却不能不怪他。

你听听琵琶也罢，
不该又问她漂泊的伤心话。
你只听琵琶，
会使你忘却迁谪在天涯。
你听她细诉根芽，
你的青衫泪湿不是你自家？

说起了江州司马，
却也不能怪他。
他便不听琵琶，
不听伤心话。

他一掬辛酸泪。
也要向江天的月儿洒，
便不向江天的月儿洒，
怕瑟瑟的枫叶芦花，也不由他。

《盛京时报》1927 年 9 月 12 日

## 罗吟圃

# 我们俩管领着这深的静夜

我们俩管领着这深的静夜，
肌肤冰凉，啊，无端的悲恻！
微吟轻溜自你的红唇，
如像花影颤动的声息。

你的双睛凝聚着凄光，
如像寒潭敛着金阳的残照。
你的纤手如像白霜，
在微明的月光里消融。

我们胸中泛着爱的哀潮！
幽婉的语声，幽婉地回响。
我们轻抚着哀楚的青春，
青春哟，一瓣瓣暗自凋谢！

怕抬头见星群转稀，弦月西斜；

为的是可怕的明朝将近！

宁如两个无所栖止的幽魂，

在未明之前先自陨灭！

《白露》1927年11月16日第2卷第2期

## 林文铮（1903—1989）

### 湾西 Wansee

我不能如花范子，
载西施，游五湖，
享尽人间艳福……
我不能效拉马丁 Lamartine
高歌痛哭于湖滨，
哀悼乐日不复回……

我来独泛孤舟于湾西
清涤我心于明湖
苇丛野鸭振翼之声
时与桨声相和……

点点轻帆宛如千百蝴蝶，
徘徊于浮光之上。
深秋矣！芦花白似霜……
日暮矣！斜阳抚松梢……

何处环珴璘，——呜咽，
竟教归鸟不鸣……
湖心情痴的天鹅，
不知丽达 Leda 久归土，
犹引颈细饰其素羽

《中央日报》1928 年 2 月 4 日

## 胡也频（1903—1931）

# 春天

阳光之流丽，
一切的树枝灿烂了，
泉水在悬崖上缓流，
婉约之歌声满于山谷。

和煦之微风，从天际飞来，
浅草遂含笑了，
野玫瑰亦卖弄其颜色，
似竞争温柔之拥抱。

洁白之鸭群，
联步入溪边，
为追逐之游戏，
将无数之水花，点缀空间。

默坐于柳荫深处，

抚既断之琴弦，

怀疑这万物向荣之宇宙，

因我之心中，尚无春来之消息。

《中央日报》1928 年 8 月 24 日，署名沉默

## 郭子雄（1906—1944）

### 一瞥

我重来白茫茫的雪地，
寻觅昨日的足迹，
我要寻出最深的一个，
也要觅见最浅的一个。

我再进浓荫的密林，
倚苍松抚巨石而狂歌，
我要歌出最哀怨的一曲，
也要歌出最婉转的一曲。

当初，不过偶然一想，
我便飞身到人间一瞥。
我虽一瞥在人间，
却要享受最苦闷的一刻，
也要享受最欢乐的一刻。

录自郭子雄著《春夏秋冬》，金屋书店 1928 年 9 月 15 日版

徐洵磅

# 脑骨的赞美

你静卧在空旷的墓原上，
圆睁着无睛的双目，
明露着耳鼻的孔窍，
还有两行半缺的牙齿，
一个囫囵的后壳。

狰狞可怕的骷髅，
掩鼻莫嗅，
闭目莫瞧。
呵！在卑怯的人们，
或是这样喊叫。

我是知道的，
知道你是揭去了虚伪的皮囊，
显出人生的真面貌。
你在还反了圣洁的本来，

抛去恶毒、奸险、污浊的脑。

你是宇宙秘密的揭穿者，
你是茫茫旅途的警兆。
我将赞美你，
我将为你狂歌跳跃，
我将为你且哭且笑。

二十·九·一九二八
于营口公共墓地
《盛京时报》1928 年 10 月 15 日

## 蓬　子（1891—1969）

### 他

他是一个沉默者。
从露啡色的毡帽下露出他的眼睛来，
比奇怪的猫睛石更其古怪些。

凝神在古式的旧沙发里，
落日的光缠绵在他脸上，
腮颊有两颗半熟的野果。

美的感情游泳在他的脑海里，
似流萤浮沉于秋天的果子园，
每个思想都染上奇丽的光了。

人生与宇宙的秘奥的境地，
哲学者没有勇气去探问，
他坦然地直入，携了花朵回来。

《无轨列车》1928 年 11 月 25 日第 6 期

## 张鸣琦（1907—?）

# 一年的来复

是那年夏天我认识她，
　娇滴滴不跟我说话——
　像一只凌空的彩凤，
　对白云并没有牵挂。

是那年秋天我爱上她，
　她送过我两朵菊花——
　从此日夜颠连焦苦，
　听凄风送苦雨滴答。

是那年冬天我怨恨她，
　她心情对我虚假——
　虽红梅仍鲜蕤如火，
　但白雪却难免无瑕。

是翌年春天我忘掉她，

听说她已被人蛊杀——
灵肉感复苏的轻快，
鸟舞清香花吹喇叭。

四月廿五日早

《戏剧与文艺》1929年8月1日第1卷第4期

汪大鹏

## 法锡与范琵尼

凝神着那一颗明亮的星星！
　　正在你的眼前飞迸，
　　好一个阿拉伯的奇人，
我看你有几分的诗魂。

爱情是没有国境，
　　爱情是两原的合并，
　　你看啊！法锡恋上了范琵尼，
在那月光下的一瞬。

你这可爱的舟子，
　　歌得法范的情焰如焚，
　　那一夜吧，就是那一夜吧，
月波将舟儿摇入梦魂。

你这可爱的舟子！

你这奇异的阿拉伯的浪人，
你这范琵尼醉心自由的女人，
你这呵溪河的夜半更深！

呃！你的眼睛是多么可怕呀！
可怕的情焰燃炽了无限的热情，
吻吧，可爱的法兰西女人。
呵呵，好一个挚情的精灵！

再不要说你就爱她吧。
这是无用的事情！
看呵，在不知不觉中，
他们已携着手儿同行。

《中央日报》1929 年 12 月 27 日

## 汪静之（1902—1996）

### 墓铭

在我的坟墓的右旁埋着一位
　　肺病的处女，绝世的天仙；
我爱伊丰神的楚楚，嫩颊的红艳，
　　和那秀丽的秋波的流媚。

我的一生都耗在和病菌争斗，
　　想用医术挽回伊的运命；
我要使伊永久是蔷薇一般的轻盈，
　　永久是冰雪一般的聪明。

治肺病的灵药还没有发现，
　　伊却已长眠在泥底；
蛆虫享受了细腻温软的冰肌，
　　再不能见伊娇小的玉体。

我为了不服从自然的法则，

　　自己毁灭了在伊坟头睡倒。

唉！过路的人呀，你们那里知道

　　伊是怎样的美，怎样的婀娜苗条。

——一九二七红叶满山之日

《中央日报》1930 年 7 月 11 日

## 刘廷芳（1892—1947）

### 温柔

当两颗心儿烧得最热时
能征服烈火还是那不灭的火焰。
当狂风猛吹着激流，
打得粉碎，铁制的梢头，
能喝平巨浪，控制洪涛，
还是那弱不禁风的温柔。

一九二七，夏

录自刘廷芳著《山雨》，北新书局1930年11月版

## 冯慧贞

# 病梅

雪夜,
斑斑梅影,
写成了一幅凄景,
嵌在我的深心。

寂寞得像死也似的,
听不到一点扰扰的人声;
忽然地，丁冬，丁冬,
是何处飘来的清音。

弹不断的是你的泪痕,
诉不尽的是我的衷情:
让白雪将悲哀埋葬,
有病梅伴你的孤魂。

可怜的病梅呦!

这寂寞的世界是你所占领，
看你病骨支离，
春天那里与你有分！

我羡慕你站在时季的尽头，
看遍了春花秋树，
历尽了沧海桑田，
完了，完了，有谁能刹那地常住！

你是冬天最后的一朵病梅，
你所有的伴侣俱已凋谢；
你孤单地吐着芳华，
爱的光圈上的宝石已一颗颗地掉下。

当我静静地和你分手，
我的心儿冰冷；
但我决不流泪，
眼泪是弱者屈伏于强者的结晶。

我知道你的脸儿是明朗，
那是白雪映出来的辉光；
　　你额上刻划着许多损失的标记，
那是预示着你的生命的将亡。

你快在沉醉的幻梦里，
停住你的欢声；
你快在罪恶的悔忏时，
救出你的灵魂。

“生命的叶”，
尽管是一叶一叶地枯朽；
“生命的酒”，
是在万古不断地长流。

《中央日报》1931 年 2 月 12 日

## 王平陵（1898—1964）

# 最后的一杯酒

回去罢！我友！
不重要的一个丑角，
有牵线的人在后面，
用不着这样傲慢的决绝。

反正是一块被遗弃的抹布，
虽然绉襞里还留着湿漉漉的真挚的灵魂；
怎奈我钟爱的人儿，
终是像石头一般的无情！

青春是这样容易浪费的；
时光已不容许我多留恋了；
忽然地飘落着一根根的白丝，
死神的请帖，无条件地递来了。

喝完最先的一杯罢！

最醇蜜的，是最先的一杯。
慢慢地喝完最后的一杯，
最醇蜜的，也就是最后的一杯。

星星的微光，照着孤独的人儿，
在沙漠上夜行；
怎不知待到何时，
直把人生的旅途历尽？

我匆匆地踏进地狱之门，
死神吹奏着悲凉的葬乐；
美丽的记忆，都已消失在过去的幻梦里，
我亲爱的 Dionysos！

回去罢！我友！
不重要的一个丑角，
有牵线的人在后面，
用不着这样傲慢的决绝。

宇宙是这般的悠久，
人生仿佛是期待着判决的狱囚；
我亲爱的 Dionysos！
让我慢慢地喝完最后的一杯酒。

《中央日报》1931 年 2 月 26 日，署名秋涛

## 徐霞村（1907—1986）

### 给——

你有
面包壳色的皮肤和狮鬃一样的美发；
在海水里
你的身子使那些苗条的鳗鱼无颜而逃。

正如妖妇的黑痣在你的脸上一样，
矜持和 Hysteria 在你的灵魂里是不存在的；
你的健康的笑声使人想到
Tango 中的 Castagnettes。

几何学是你最爱读的小说，
网球场是你的跳舞厅；
你从来不把你的照片登在画报上，
为了空酒瓶一样的虚荣向那些贪饕的眼睛献祭。

当我们拥抱时，你也从来不愚蠢地说：

——把你的心给我吧，我爱！

因为你是读过生理学的，

你知道一个人的心是不能当作花朵送人的。

《青年界》1931年3月30日第1卷第1期

## 郝御风（1905—1984）

# 深心

深闭之春山的足音，和美丽的年华之欣赏，
一般都成为不可能的了；
它们都远去了，往日的心与眼的流连，
故人们的勾通，因了年事的频添而渐次地疏少，
到了现在，几个仅有的天涯，存问我生命的辛酸；
伴我游玩的人，不知从什么时候，也多半换了异性，
我知道，我的日月是变迁了，
有些的东西，是不可挽地长失。
曩昔，在橄榄树下抽烟，
那时光的老人，为我们讲前辈的故事，
沉重的乡音与日影，渐在我的记忆中凋谢；
星辰寒暑，依样地运行，
当时同听故事的童伴们，
此刻自身都成了故事中的人物；
剪燕，羊群，野菜的花，当年的树叶，
留在眼前的，无一不似是而非，

倘追问它们的前身，
想皆星散于四方，各自地归老去了。
江流拍岸，如山色般参差，
是我们少年的双影与春衫；
这回思使我多少颤悸，那微温的三月的怀中。
昨天在清绵之河干，窥见我疾流面目，
衣巾，鞋套，满是经阅之风沙，
俏然浸落于明光暗影之销磨里。
每一个生活的回想，每一个当年的人物，
如古史之断简般零星而不可收拾。
风雨之夕的同榻，
荒城之夏，俏然一人的勾留，
对无限黄昏之凝望，
这远方的各样不同的凄清，四季里不同的眼泪，
何时再以之归献于父母，这真是难说的了。
深春之芳草与人情，充实诸般生命与乡土，
但生命终是奔放之舟，载所有的人
到无涯的无涯里去，时间不明不白地湮沉，
我们则说生命是衰了，或春晨不告而潜遁。
虚怀之夜，为了凄凉心爱，
给一切幽灵，回忆，与多梦者，
一个平和的永世的深心。

《清华周刊》1931 年 4 月 18 日第 35 卷第 7 期

## 滕　刚

# 城市之春

难得听见的是城市的鸟声。然而今天的枕上，已经听见燕子叫了。

这样的季候，只有花在开，鸟在啼，爱情在发酵……人在游春。

只有梦是无主，随着飞絮飘泊……

花香香地，红红地，燕子忙得连呢喃的绮语都不顾了，那管得人间的春色？

只有沾着落絮的诗人，穿着奇怪的外衣，拄着手杖，在雨后的湿泥路上，写出心上的咏叹。那神圣的文字的印痕，是预备给夜来的蚯蚓，偷去对春星小唱吧？

然而诗人去后，春已不在人间了。

从沥青的路畔，我发见紫色的野丁香一丛，

我用青年人的喜悦把它采撷了。

我用青年人的喜悦把它簪在帽缘上。

这样，我会变成一个游春的人吧?

这黯紫的弃妇的颜色，战栗在万丈街尘的空间。它把这青年人的命运，牵引到地狱中去了。

街上有的是往来的男女，春色都留在嘴唇上。

一九三一，四，廿四于五台山麓

《中央日报》1931 年 4 月 30 日

## 蒋山青（1906—1960）

### 夜的郊野

夜的郊野是水般清冷，
山中时时有瀑布似的松声，
虽还临照着惺忪的月光，
平地岗峦混合成海样的深广。

是群星飞堕？
远方的灯火！

蛙在力竭声嘶地哀悼芳春的消逝，
蝼蛄却悠然闲唱晚来的凉爽，
只黄狗静坐在门前守望，
像有很多的感想。

偶然吹送着断续的梵钟，
我的情绪便随那音波流动；
月儿高了，风，又紧，
睡在床上，我永夜清醒。

《中央日报》1931 年 6 月 4 日

## 冯　素

# 静物小诗

### 一

紫铜时钟一座，
古色花瓶一个，
　一个美酒杯儿，
　花影向那上浮过。

### 二

烛台静在一角，
银罇倒着要破，
　苹果堆满了盘，
　石像在那里睡着。

《中央日报》1931 年 6 月 14 日

## 赵景深（1902—1985）

# 点缀

蝴蝶嫌浅草的色调太单纯，
特意翩翩的飞来，
任意而迅速地在各处
撒着流动的黄斑和白点。

《中央日报》1931 年 11 月 24 日

## 邵冠华（1911—1940）

### 幻觉

蝉声把车声吞没了，
我正在垂钓那蝴蝶似的幻想。
我想把我的红泪掷给破城上底雨珠，
当伤风的音乐液体似的消失在耳朵里。

美丽的睡觉甜蜜地吻着我，
难，睡神在伸出黄毛的腿，微笑的披肩。
当电丝降下瓣瓣的柔声时，
醒时的鲜血已被毛虫吸尽了。

《循环》1931年第1卷第5期

## 龚树揆

# 红灯

西湖湖滨的对岸有一盏红灯，
不要问那一个晚上，谁点的，
总是亮在半空里，光是
五角形的，如一朵梅花的瓣；
不过雨里的光是暗澹点，
有星没有月亮的晚上是最光辉，
你伸指点点它，爱它欢喜它。
在这样的晚上：你还向苍空向我道，
你的心就像是那一盏红灯，
热情使得你会天天叫我高兴。

我正记得分明，不如远山一样模糊，
我清爽正像我现在望望湖滨，
望望星，看看水里的倒影，
只有我，一个人和一个孤单的瘦影，
一串串的泪珠堕落如阶前檐雨。

这是英雄或者街头走坊的卖油人，
想来也早知道，爱情犹如一支钢针
刺透年青人的心。据说年青人
在一万年以前，也就把它当做活命的米粮。
今朝要我少得它，少得它走上我的旅程？

《文艺半月刊》1931年第6、7期合刊

## 虞钟騠

# 古城的黄昏

黑夜偷偷地爬上了西城，
攫住了宇宙细嚼又细咽，
从一列歪斜故城的齿缝，
流涎出鲜血倾泻于无垠。

河水像懦怯的羊群在狂奔；
修竹像入洞时矗立的雉尾。
乌鸦在呻吟他灼热的惨伤；
凉风躲在芦苇中咻咻作响。

《文艺半月刊》1931 年第 6、7 期合刊

## 虞岫云

# 太阳的光

太阳从山顶上的云里，
钻出了一丝一丝的光彩；
受到热力的只有西边的半山！
虽说太阳的惠施布满了人间，
可是在这一刹那，
你也得有些偏袒。

《民力》1931 年第 9 期

## 张　庚（1911—2003）

# Nocturne

听罢，听罢，我底心，
我底螺式的思想之痕；
听罢，心之奥底，
几声幽邃的钟鸣。

让我们捉着
随了时钟之微响而远去的——
幻想之烟纹。

一个沉思——寂静，
一个壁间的阴影。
一个眼睛
一个火焰静立着的油灯。

时间在滴着，
从天花板到地心。

听——静，

一声书叶的呻吟。

《时代日报·煤坑》1932 年 5 月 10 日第 19 期

录自安葵著《张庚评传》

## 陈梦家（1911—1966）

### 给曼妮·安

像浪花抱着浪花，
告诉青天和苍沙：
我们原是大海的泡沫，
耐不住静，耐不住静默；
轻快的一声欢笑，
一曲哀丧的笙箫。

我要怎样找回你，
告诉我你在那里？
我记得那晚在山坡下，
你的眼泪告诉我的话：
我不会把你遗忘，
你收在我的心上。

《残渣》，1932 年 6 月 6 日
南京洪荒文艺社编印

## 钱伟长（1913—2010）

# 荷叶上的露水

一

荷叶上的露水，
一颗颗的，永远是分散地的孤立着，
霍地风来，
它们同归于尽。

二

歧路上的花，
美丽，清雅，
但是，俗世中有没有仙人，
能令它受到赏识。

三

玉泉从山上冲下来，

勇往，猛进，一刻不停留，

半山脚有许多红蓼花，砂石，杂草簇聚在一块儿，

很坚固地的簇聚着。

玉泉之流几乎被挤住了，几乎停留着了，

忽地拨开红蓼花激开砂石，分开杂草汩汩地出来，

勇往，猛进，一刻不停留；

赶它那光明灿烂的前程。

## 四

绿柳在牵惹着我，

池鱼在纠缪着我，

一个人为了要静静遂走到荷花池边，

但是，池子里掩映的灯影，和那野风的渺茫迷离，

更使我的灵感掀起波涛，我的神情有所挣扎。

## 五

霍地醒来，

太阳射满房中，

明晃晃不见一物

凝视着太阳，

霍地移开日光

暗魆魆不见一物。

## 六

且莫讲你自己的跋涉和劳动，
就顾怜些窗里的我罢！
深夜的两点呀！
并且，——我夜夜所爱恋着的月亮，亦被你赶跑了。

## 七

假使天下有情人真个尽成眷属，
这还有什么趣味！

## 八

未来是不可证实的，
现在是无从捉摸的，
只有过去——呀！过去，
看见窗外的树叶一动，那一动是过去的陈迹了，
听见墙上的时钟一响，那一响已是过去的遗音了，
人们就是这样地过他们一生
——看见和听闻

## 九

小溪对面的农人，把一壶尿倾在溪里了，
小溪这边的学生，使起了眼色，似乎在说农人的不
　知水的纯洁，
不过几秒钟水泡的跳跃，
她和溪水混和了，
它们很亲匿地的一同流了下去。

## 十

死神是最冷酷无情的了，
他不许人们带些财产恋爱，学问名誉……进他的铁门。

《清华暑期周刊》

1932 年

谢冰季（1910—1984）

# 朱古力糖匣

没有热气
也没有煤烟
我默默的守着窗口，
在两条平行轨道上南行的火车里。

抚弄着长方形的朱古力糖匣
在手里，
那光滑的匣面，传给我手上有她手上的触觉，
风，“咄溜，咄溜”的重直在我脸上。

二十四小时，切成等秒的都蹦过去了。
圆形的月亮又和繁星，排列着昨夜的图案
梦一样的——
“快闭上眼，”我说。

回忆，用了相当的时间

把昨晚的故事，又重述了一遍。
浓云抹掉天上的月亮以后，
那写故事的主宰搁下了他的笔。

睁开眼，
悄悄地，眼水迈出眼眶，在
正式的散步在朱古力的匣面上。
“你这会儿干么哪？曼!
我是那样的可情的相思着你”

一九三三，八月九日，徐州

《燕大周刊》1933 年第 5 卷第 1 期

## 曾今可（1901—1971）

### 我底家

何处有着我底家？
是在那不知名的山间，
还是在那白云之下？

深林是我底华厦，
我底酒是溪中底流泉，
红树与青山是壁画。

我将流荡向天涯；
不再骗人也不受人骗，
愿终生飘浮，像浪花。

不是在白云之下，
也不是在某一个山间，
在那里，那里便是家。

录自曾今可著《两颗星》，
新时代书局 1933 年 2 月版

## 屠凝冰

# 苔绿的阶前

凉露湿遍了桐阴，
微风吹散着香芬，
好像闯入了神秘的梦境！
柔情，悄语，迷恋，温存，
啊啊！这醉人的哟——
苔绿的阶前。

明月无言的照着天心，
蟋蟀低诉在霉湿的墙阴，
好像闯入了神秘的梦境！
微笑，娇嗔，笛声，箫声，
啊啊！这醉人的哟——
苔绿的阶前。

更漏催逼着夜阑人静，
指点银河悄问那儿是双星？

好像闯入了神秘的梦境！
蜜意，甜心，人影，花痕，
啊啊！这醉人的哟——
苔绿的阶前。

欢情叩开了恬闭的心门，
月光凝合了迷恋的灵魂。
好像闯入了神秘的梦境！
并肩，握手，相视，无言，
啊啊！这醉人的哟——
苔绿的阶前。

苔绿的阶前，
神秘的梦境！
有清晖的洁光，
映着双双的黑影。

苔绿的阶前，
神秘的梦境！
有缓缓的脚步，
和应着平肩的并行。

苔绿的阶前，

神秘的梦境，

有悠扬的天籁，

吹奏着悦耳的欢听。

苔绿的阶前，

神秘的梦境，

有唧唧的虫声，

不能将此情唤醒。

《流露》1933 年 3 月 1 日第 3 卷第 1 期

## 徐　芳（1912—？）

### 一束梅花

我送你一束腊梅花，
正好给你描一幅画。

看这一枝多么灵活，
你要把它画得瘦长。
看这花丝多么秀媚，
你要多加一点藤黄。
蕊里有醉人的香味，
可别吸入你的胸膛。
瓣上有无限的情爱，
可别刻到你的心上。

我送你一束腊梅花，
正好给你描一幅画。

《益世报》1933年3月4日

## 夏来安

### 春寒

春寒，
衣单。
雨多，
花残。

《中央日报》1933 年 4 月 25 日

## 湖　纹

# 走也走不开的

走也走不开的，
生着莓苔的小径，
我寻觅着浅浅的足痕。

这里，有坠鬟的珠屑，
嵌进嫣红的落英，
无意的遗落，有意的定情？

东风缢死在她的发尖，
一月前的樱桃早被鸟儿啄尽，
路旁的梅子孕去了青春。

我明知道这里她是不再来了，
可是这样淡淡的春情，
别院的夏里是不易追寻。

眷恋，幸亏没人窥破，
走也走不开的，
生着莓苔的小径。

《文学旬刊》1933 年 6 月 7 日第 5 期

## 徐志摩（1897—1931）

# 远山

远山上有一抹的停云，
紧偎着个玲珑的尖峰？
那尖峰是你在我的心中，
我的恩情是偎着你的云。

江天里激起一柱的惊涛，
在风光中翻成晶莹的珠雨；
那江水是我那风和光是你，
我为你翻飞我为你嘶啸。

《中央日报》1933 年 7 月 6 日

## 邵洵美（1906—1968）

### 诗

人和人的距离够多么远——
　　荷叶在水面上，
　　信笺在书桌上；
一个在地北，一个在天南。

心和心的颜色够多么像——
　　我刻着一首诗，
　　你刻着一首诗；
这一首寂寞，那一首凄凉。

《中央日报》1933 年 7 月 8 日

## 何其芳（1912—1977）

### 招

回来，从梦里的第一次蜜吻
回来；从枯瘠的回忆之手在雨夕
抚遍的江岸的青青河岸
回来；从槐花飘出黄色的青芬
又悄然在星夜堕落满阶的六月
回来；从我哀怨的泪染湿过的手
与安放过，睡过我底梦的眼珠
回来。

　　从向碧空卷着嫩绿，又下垂着
欲滴的鲜甜的葡萄叶，葡萄须
回来；从拔起的苔青的石子
有红色双螯的小蟹的清溪
回来；从给小羊做野餐，又给蟋蟀底
鸣声，阜螽底翅膀做园囿的草坡
回来。

　　从宝炉里静静上袅的烟篆

回来；从宫漏缓缓滴着的永夜
与金井辘轳旋卷起的清晨
回来；从渡水的砧声，中宵思妇底
机杼声，红叶深山的梵磬声
回来；从菱歌里，竹枝歌里，玉箫里
与琵琶弦上的古代的欢乐与哀怨
回来：
　　我漂泊无依的郁郁的怀念。

九月十二日，一九三二

《西湖文苑》1933 年 8 月第 1 卷第 4 期

黄震遐（1907—1974）

# 十九世纪的女郎

飞跃于贝多芬的琴键上；
辗转在许贝德的音符上；
曼舞于白加尼尼的弓弦上；
幻灭在萧邦的坟墓上；
神坛，蜡泪，白衣与黑发，
纤腰，款步，鲜红的鬓花；
是香的，梦幻的，
渗和了眼泪的；
也是美的，幽秘的，
久已不存在的——
一世纪前的温婉和情热，
朱颜，银发，鲜红的假面；
那腮间浮起浅笑的——
圆而小的黑痣。
哦，每当，黄昏以及夜曲；
低压的感情深浓的旋律

陶醉在——

维也纳的绿茵地;

西班牙的橙花天。

《矛盾》1933 年 9 月 1 日第 2 卷第 1 期

## 王一心

# 一心的素描

你瞧蜘蛛在半宫里打筋斗，
死水里徘徊着一阵阵蝌蚪；
那是我的生活，我的恋爱，
一朵朵红叶在黄昏里徘徊。

我有短的身躯也有长的情，
不缺少冷的态度和热的心；
幻想是我昼夜活命的米粮，
给我解渴的是一壶壶的惆怅。

爱情的饥饿是我衰瘦的因，
思想的破碎是我颓废的果；
和平的白云算是我的天性，
但也有暴风雨一般的干戈。

懒惰像白蚁在我的全身爬，

女人永远只站上我的嘴巴；

同情心是我最丰富的特产，

天真的草上开着理智的花。

《新时代》1933 年 10 月 1 日第 5 卷第 4 期

沧 浪

# 诗的鳞爪

我爱山谷间
明月盘桓古松下
有他的闲暇

我爱荒野里
远村现一粒亮光
有他的希望

我爱一片云
逍遥遨游在天空
有他的心胸

《中央日报》1933年11月30日

# 陈迹

书架上蛛网的灰尘，
是几年来的堆积？
蜘蛛已早变土了，
蛛网犹在簸动不息！
挂着几根枯叶的树枝，
在寂静的土墙上筛满影子。
曾几日月过东墙，
窥见它花开盛时！
街头盈寸的积土，
曾印过历史上各种的脚迹。
脚迹随着尘土的变迁消灭了，
只留下尘土的本质！
去年的积雪不消时，
青春之消息永寂。
谁问“去年的白雪何在？”
我们得勇敢的承认那是陈迹。

《大公报》1933 年 12 月 2 日

## 蹇先艾（1906—1994）

# 女人的容貌

女人的容貌是一带长虹，
像彩桥，又像夭矫的游龙；
芳春便象征雨后之蓝天，
绮丽的虹影镶嵌在中间。

青年和老年都欣慕仰望，
问谁不想登炫目的桥梁？
但转瞬天空被年代渲染，
黑暗了，更无美虹的朝颜。

《矛盾》1934年1月1日第2卷第5期

## 方玮德（1908—1935）

# 灯塔

谁相信在这几千万顷的波浪的一角里，
有这么一个永久的昼夜抱着孤忠的光明！
它陪着太阳，陪着月亮，陪着星辰，陪着大海，陪着雾，陪着天边的红霞，陪着鸥鸟，陪着潮水，陪着沙石，陪着这水上无数冒烟的生灵。
它一到清早就望见热的生命，一阵光辉冲动了宇宙的灵魂；它忘不了鱼虾的嘈杂，飓风里海啸的歌声；
它爱深夜里冷月的寂寞，露水洗净了天上每一颗星；
它爱潮水，一万阵浪花冲破了岩石的尊严，九百道的哥萨克的兵马向着天庭；它也看惯了潮水退了以后的惨景——沙滩上擦满了蚌蛎的血腥。
它怀胎着宇宙间一切的动！
它又参透了一切无言的铁一般的宁静！

在白昼它瞭望着，
在黄昏时它就睁开那庞大的眼睛。

它望着从伦敦，从马赛，从巴勒斯坦，从新嘉坡，从马尼拉带来的煤烟；从苏彝士运河偷运过来的军械；从巴黎，从维也纳带来的香水，蔻丹，胭脂；从好望角带来的不好望的波涛，波涛里有土人用生命塑成的珠宝。

它望着从西雅图，从旧金山，从巴拿马捆载来的支票，棉花，麦子，五千万的数目变成两万万支那的圆头，每个圆头又变成四万万支那人心里的哀怨；它望着好莱坞的灵魂踏上了神农的国土；它望着“大腿”“酒涡”“乳峰”的卸装；它望着用啤酒灌成的博士回国。

它也望着从西伯利亚从东京逃归的流氓，在甲板上不敢探头望这故国的凄凉。算不定一上岸就得上断头台，它埋怨自己的眼睛就算悼亡的死光；它也望着四等船舱的人们对着烟囱流汗。

它永远忘不了它照着外国的弟兄们上岸玩他们拿手的把戏，两万吨的大船从容地进口，七十二吋的大炮收买了许多黄浦滩上的幽灵。

在白昼里它瞭望着！

在黄昏时它睁开它庞大的眼睛！

一千钧的悲怨埋葬在它的脚底，

它掀起浪花摆布它的愁容，

它吩咐鸥鸟宣传这伟大烟波上的事业，
一阵海啸的暴动——它不许容忍！
别再告诉我金字塔的奢华，比萨的欹斜塔的奥妙，巴比伦冲天塔的雄姿。更别告诉我纽约有一百零八层的大厦，我不爱听这死去的英灵，这二十世纪新腐的富贾！
它说：
“望着我，望着我的眼睛，
我才是你们智慧上典型的光与影！”

一九三三，十二，十六

《灯塔》1934年1月10日第1卷第1期

## 戴　涯（1909—1973）

# 短诗五十一首之拾贰

上帝将小花赐给地上的蝴蝶
作游戏的地方
又将树赐给空中的飞鸟
作歌唱的地方
最后却将你的心赐给我
作睡眠的地方
我的报答就是梦

《矛盾》1934 年 2 月 1 日第 2 卷第 6 期

## 林　丁（1915—1996）

# 晨曦之前

从黑夜来的呢，
还是往黑夜去？
战栗的魂灵！
围着浓厚的暗影。

　　从梦乡来的呢，
　　还是往梦乡去？
　　战栗的魂灵？
　　围着沉闷的鼾声。

从黑夜来的呢，
还是往黑夜去？
浓厚的暗影，
怀孕着个将来的黎明。

　　从梦乡来的呢，

还是往梦乡去?

沉闷的鼾声,

潜伏着个蓦然的惊醒。

二十七,一,一九三四于济南

《大公报》1934 年 2 月 4 日

锵　之

# 海

蔚蓝的海，苍绿的海，
潮，汐，叹息，咆哮，
在浓醇的五月的风里，
展开它广阔的怀抱。

澎湃的，是午间的潮，
水面有细碎的金光闪耀。
绿的浪峰，白的浪花，
一个波涛，两个波涛……

海，一刹也不息眠，
没有疲倦，而永是活跃，
百年，千年，万年……
潮，汐，叹息，咆哮。

《大公报》1934 年 3 月 26 日

李　微

## 聪的抑郁

聪是抑郁的，
她有抑郁的眼睛，
黄沙的风，
黄沙的雾，
她眼睛里的颜色褪淡了。

蜘蛛的网罩满她的心醰，
芦苇萧瑟在她忆念之河，
九月的桂子香飘荡了，
而聪是抑郁的。

聪的抑郁，
在破旧的怀娥铃里，
在寒风黯沉的水光里，
在枯萎的黄花里，
在沙哑的笛声里，

在凌乱的发里，

在新的粉盒里，

在梳妆台的镜里，

甚至一切空无所有的日里，夜里。

烈日，淫雨，

聪的抑郁是没有休止的，

严霜笼盖蟋蟀的呜咽，

聪的微喟，叹息，

云一般，烟一般飘来。

随着聪的叹息，

一片红叶轻轻飞落了，

然而聪不知道，

还披着灰色的外衣，

孤冷地，沉重地。

红叶飘进胸怀，

聪的抑郁能休止吗？……

《诗歌月报》1934 年 4 月 1 日第 1 卷第 1 期

## 黑　婴（1915—1992）

# 珈琲女

有樱花的味在她
涂红了的嘴唇上；
珈琲女，
春天里想回到
明媚的岛国去吗？
回忆着初恋吧？
不然为什么将放的
樱花似的笑了起来？

珈琲女
象征着春天的是
这张林檎色的脸；
我想化作胭脂，
同花一样的在春天里开着。

永远那么缄默着吧，

珈琲女，

在黑眼珠子里我捉到

一束深情的辽远的怀恋。

《诗歌月报》1934 年 4 月 1 日第 1 卷第 1 期

## 葛贤宁（1915—1961）

# 吉卜赛人的歌

吃着高山的米饭，
吃着平原的面粉，
喝着海洋的水，
呼着火山的风，
还有让那沙漠的兽群，
扑上我这吉卜赛人的身。
　　我是一条银蛇，
　　我是一条银蛇，
　　在黑夜里搅动着风沙。
一团团精力，
化成一堆堆粪粉；
一股股血气，
变成一片片灰尘，
还有让那无情的时光，
摧打着我这流浪的人。
　　我是一条毛毛虫，

我是一条毛毛虫，

背着石子，卧在道路当中。

《申报》1934 年 4 月 7 日

## 张露薇

# 夜航

在黯夜里航行，是谁人系住
我的轻航，不许我随着东风
荡到人间，寻不到我的仙径，
让彩云牵着手做我的摆渡？
我无心，正如我看倦那归路，
丝发和粉脸只令人添些厌憎，
刻板的笑藏尽了毒意的讥讽；
从今我又须孤另地跨上征途。
任人间冰冷，也任人间无情，
载得住孤另的魂的是那轻舟；
我心里不会再存恶魔的影子，
恶魔的心本没有水晶般明透。
任你说——我不曾让人间织成
一面精致的网来遮我的羞和丑。

《益世报》1934 年 4 月 11 日

## 钱君匋（1907—1998）

# 兆丰花园之冬

常绿的灌木，
冬日的光：
一列孔雀展开着锦屏，
在有金色之感的草上。

獭皮的领，
吐出盛妆的女面，
冬日的光暖得使她们
变成一堆一堆，紫赭的，明朱的，衰绿的，玄黑的。

可以感到朔风的一隅，
三枝空树，
没有人的呼吸，
有沙漠之感的草根。

《诗歌月报》1934 年 5 月 1 日第 1 卷第 2 期

## 寇　岑

# 最后

开始吧，最后的黑暗的旅行……
黑夜垂下，垂下了眼皮
身子遂轻如中空的鸟骨骼
靠背椅载着漂行……

沉，往下沉，脚已冷了，
冷潮浸上大腿浸上腰，
还要伸出无望的呼援吗手臂，
手臂已化作水流了……

心啦，你像千岛。
数百年前一只白帆停泊过，
数千年，数千年前
尚与大陆毗连。

最后：嘴还在跳动在指……

有甚么追悔？是说
那边，人间的咒骂声
远远听来多美……

四月十九日夜

《北平晨报》1934年5月22日

## 万　曼（1903—1971）

### 电车

一个人带着一个心。
电车把他们从路旁吞进去，
又徒然地把他们一个个吐在路旁——
含着绝大的欲望饕餮地吞进去，
又废然地在一声叹息中吐出来。
因为它不能像熔炉
把这些分离着的个体分离着的心
熔成了一个，熔成了一片，
熔成了不辨形骸不分彼此崭新的新生。

在车厢里挤着蓦生的搭客
体温彼此辐射着，呼吸彼此循环着。
但是各人的血液却只在各人的脉管里流，
各人的心只好藏在最深最黑的场所。
唯一形之于外的，只有从眼睛的小窗里，
投射出冷淡，疑忌，窥探，羡慕，渺视……

以及人间所有的一切表情的符号。
除了偶尔从礼貌和舛误的举动上，
引出一句谢谢或者对不起的言语外，
就再也找不出什么证据说这些都是
同人类同种族同产地同生活的人。
谁许你们只寂寞地坐着投着不同的眼！
谁不许你们交换些笑谑的言语任情的笑！

簿记员在脑中留着数字的幻影，
打字女郎指尖上还跳着裸体的字母，
旧商人脑袋里算珠必必剥剥地响，
跑外的说合人眼前只有行市在舞蹈，
流浪人从车窗瞟到路旁窗饰的灯光
灯光被电车拉成长线一下缠住一个漂亮的面孔，
工人耳旁奏着机轮的交响乐，
赴夜会的女人眉毛像两条蛾般地在脸上飞扬。
也许想着饭，也许想着事，也许想着钱，
也许想着受罪，也许想着火山尖上的享乐。
但是彼此是隔绝着，谁也不想与己无关的事。
虽然大家都是挤在同一的窄小的车厢里，
体温彼此辐射着，呼吸彼此循环着，
但是彼此隔绝着像鱼和鹿，像凤凰和蚯蚓。

一个人带着一个心。
电车把他们从路旁吞进去,
又徒然地把他们一个个吐在路旁——
含着绝大的欲望饕餮地吞进去,
又废然地在一声叹息中吐出来。
因为它不能像熔炉
把这些分离着的个体分离着的心
熔成了一个,熔成了一片,
熔成了不辨形骸不分彼此崭新的新生。

《青年界》1934 年 6 月第 6 卷第 1 期

## 何植三（1899—1977）

# 对燕

呵！长途远来的珍客，
你别喃喃的这般客气；
说什么高楼大屋借住，
我所有的只是一间“草庇”；
要有盐米你尽挪用，
分个什么我的你的；
可恨孩子太爱淘气，
累你重把巢儿修理；
你若原恕他童稚无知，
那末我们就此一同居栖；
还有，我想，你有良朋好友，
譬如那种鹧鸪黄鹂；
我望他们一同来临，
就是鹰隼鸱鸮我也欢喜；——
因为我将奉劝他们不再残杀，
可知那种绝不是做人道理；

我们此后如兄如弟，
岂不胜于你刀我锯；
我们矫健善鸣的使者，
愿你为我通个心意。

《青年界》1934 年 6 月第 6 卷第 1 期

## 李唯建（1907—1981）

### 结

为何定要把我紧缠?
你这神秘媚人的影,
拖我到纷烦的人间,
更一度的把我缠紧。
要是你一旦离了我,
就凭这点诗的灵魂,
我早已走进了乐园，舍了情火,
跳上一朵奔驰的云,
回向我原有的源泉。

《中央日报》1934年6月28日

## 莎　莉

# 自己的素描

碧绿水面上的漂泊者，
我，我是寂寞的浮萍。

　　如果让我把自己描写出来，
　　那不是色彩绚烂的油画；
　　也不是精巧细致的图形；
　　只是几笔淡淡的竹影。

我是一株小小的白花，
长在山谷的乱石丛中；
要悄悄地开放，
也要悄悄地萎去。

　　我怕一颗颗人的心，
　　像怕一团火焰或是一块凉冰。

在朋友间，称我是一朵“夜的百合花”；
对于爱情，我是个太小量的人。

我有一双晶莹的大眼睛，
当深思的时候，
像夜幕上闪烁的小星星。

我时常是活跃的，
虽然总有一颗沉静的心。

《大公报》1934 年 7 月 12 日

## 曹葆华（1906—1978）

# 回答

要问我忙着什么，凄凉的深夜，
将去到那里栖住？我只好把烟斗
衔着，用无言的沉寂当作回答。
我们同是世上的沦落者，命运的
安排早没法更改！既然是无意间
相逢，就得要无意间撒手；怎能
在相视道别时，再留下情思，使日后
天南地北，又惹起许多愁怨！
老实说，我来这里，也只为刹那的
迷醉；你已给了我这么多！眼中的光，
唇边的笑，和话声里无限的温柔！
还不够我享受，再存什么贪图！
就是你，眉发间已露着可怜的疲倦，
我怎能忍心再同你唠叨，纠缠，
作出那荒唐的嬉戏……呵你听！
门铃响了，有人在呼喊；快让我
冒着风雨向黑暗里独自走去！

《中央日报》1934 年 7 月 19 日

## 陆印全（1911—1994）

### 柔梦

窗外的残月，
曳着暮春的柔梦，
轻盈，幽夜的裙缘。

梦是熟透了的；
在星空里开花，
在星空里结了樱桃。

是那一翳轻云的苦笑，
漾来了天风的翅膀？
掠过了星的河，月的眉。

天风，我可问你：
你揉碎了月影，
可把熟梦也飘落了？

录自陆印全著《柔梦贴》，诗歌月报社 1934 年 7 月版

## 李坚磨

# 菊

谁说菊花是有晚节的呢?
他不是以他人的痛苦来炫耀的吗!
他专爱在饥饿和衰落的季节,
穿上自私的漂亮的装束。

一切嫉恨将集中在他身上,
甚于冬日的霜雪和夏日的太阳。
他的光荣到底是片刻的,
园丁将会来收拾他的残骸。

少女簪在鬓上的该是春日的小花吧,
因为她有一颗春的温暖的心情;
现在是木叶凄切地在叹息,
人们心里只有极端的憎恨哪。

《创作与批评》1934 年 8 月第 1 卷第 2 期

芬

## 暮雨

雨濛濛的下
雾罩住半山
乳白里苍青
炊烟起在林隙
小桥头
有撑伞伙伴
田畴里
惊雀的稻草人
一塘绿漪
疏疏散散水点
蝉唱红荔枝
夏桂在柳荫里
小雀躲檐眉叫
远听悠悠的晚钟
暮笼住轻纱
走近人间

街灯红得打盹

寂寞像一具火把

燃焦半面心肺

何处是归程

那黑暗里一星烛火

——七，廿一

《上海宁波日报》1934 年 8 月 10 日

## 叶　林

# Sphinx之哀曲

### ——丑像自赞也

以自己的哀怆
来玩弄自己的谜，
Sphinx底悲伤哟！

沽饮着自己的血滴的时候，
悲伤者的心枯竭了，
这里没有了爱，也消亡了恨。

于是寂寞地守候着，
让猜不透谜的行路者
遭受被吞噬的命运罢。

谜的解明，是
黎明的车驾之辔铃，
夜的守路者，就自毁了罢。

《座谈》1934年8月20日第1卷第2期

鹭 鸶

# 小诗

似夕照中一缕袅袅的轻烟，
似太空上一朵飘浮的白云，
似远寺里送来的钟声的余音。
有什么足以比拟妳呢？
是一首清远的诗底化身。

《大公报》1934 年 9 月 24 日

## 卢寿枬

# 秋晨

我爱秋晨站在窗前，
回忆昨夜，昨夜是夏天。
朦胧的老树和长林，
安静地睡着，像不关心。
可是它那新发的嫩芽，
命运已经在计算着它。

一朵雾从天上降落，
世界又是一番综错：
再辨不出浅绿和深绿，
隐约，现出山和山谷。
有一支烟囱冒着黑烟，
不溶和在雾里，我看见。

太阳徐徐吐出红舌头
舐着朝雾，朝雾溜走。

撒在叶上是鼓励的金光，
努力活吧，不要悲伤。
蟋蟀躲在泥土底下，
拉开它的翅翼，不骇怕。

从没有人到有人，
秋天的快活，秋天的早晨。
清道夫倚着树根在看，
他期待一切的凋残。
小草忍耐一口长叹息，
送走白雾，又踏它的足迹。

九月北平

《大公报》1934年9月29日

## 林英强（？—1975）

# 今昔

罗苏尔厘之林檎，
是无缘再尝试了，
你唇上的胭脂，
也变为沟水的泥黑。

何堪重念故昔呢？
豪华已成往事了。
匍伏于冷暗之陬，
非是归向墓亭之夕么？

《诗歌月报》1934 年 10 月 1 日
第 2 卷第 1 期

## 李曼茵

### 冬

并不是因为你
带来了摧枯拉朽
的朔风，冬！
你是我理想中
最权威的。

并不是因为你
有皎洁的性质，
把大地装成银色，冬！
你是我理想中
最艺术的。

并不是因为你
挟来了暖温的太阳，冬！
你是我理想中
最和煦的。

并不是因为你

有着刺骨的寒气，

会使人挣扎，冬！

你是我理想中

最奋斗的。

《大公报》1934 年 11 月 12 日

## 谭惟翰（1913—1994）

# 有一夜

有一夜你和我在园里走，
指着那星你默默的数；
你说你爱静，你爱温柔，
甘愿和他在太空里游。

有一夜我站在你的墓旁，
蟋蟀伴着你轻轻歌唱；
我望着天：天还没有亮，
一片银光洒在你身上。

五、二十八、一九三四

《光华大学半月刊》1934 年 11 月 25 日第 3 卷第 4 期

## 菲　洛

# 人去后

给我留下来的，
是这样多的恩惠呢。

　　黄昏时的寂寞，
　　病后的衰残，
　　摇着头，无声的叹息，
　　流过耳边，
　　一行，两行泪雨。

给我留下来的，
是这样多的陈迹呢。

　　夕阳影里，走过一千回，
　　那些市街，那些人行道，
　　那些画谱，歌词，白磁傀儡
　　花费了血汗底金钱的，

那些数不清的记忆。

要用眼泪与微笑作空樽，
轻轻地将它们盛下来呢。

恩情是会如水，如肥皂沫，
淡下去，淡下去的，
那时，我将连记忆也无，
即使有，也不过——
祝福那远方人的微笑。

《青年界》1934年12月第6卷第5号

## 丽　尼（1909—1968）

### 秋

想罢，当落叶在阶前竞走着的时候！
啊，今夜晚我是感觉了寒冷。
昏夜的风是要卷走我底灵魂，使我与草木一同枯槁啊！

不愿意倾诉，我已疲倦于这个。
任这恹恹的情怀充满着郁塞罢。
为了我底头底重量，我是不自主地伸出了手来支持着。

不如让心灵组织它自己底悲剧，
而将自己逍遥于沉冥之中；
只有今夜我是沉沦了，我是没有思虑，浑如已经死去。

录自《她的生命》，生活书店 1934 年 12 月版

## 英　子（1916—1988）

# 秋风

在北国，十月的风
吹起漠北轻幽的驼铃，
——牧人底梦是忧郁着的。

是的，忧郁着，为了南方
一个紫色的梦吗？细柳岸，
临流的少女底布荆钗呵！

于是，牧人底梦遂凤仙花
底子苞样地爆开了，那是，
装满了南方温厚的记忆的。

而现在，旷莽的沙漠地
无边的落日送过卷沙的黄风；
驼队底项铃是遥遥地落了。……

《时事新报》1935年1月23日

## 陈衡哲（1890—1976）

### 海波的歌

我风来同舞，
雨来同笑；
风雨归后，
我仍悄然独伴青霄。
谁说我身体眇小？
我所有的是沧海的怀抱。

《武汉日报》1935 年 2 月 15 日

## 石　民（1903—1941）

### 孤兴

月上柳梢头，
来到这树下，
独自徘徊，
天上的星儿也不许看见我的影子，
仿佛是
我有我的幽期密约，
生怕给谁闯破。

眼前是一片湖水，
水天一碧，
波上珠光炫耀
惹着我的眼睛。
但是，远远地
我凝望着
水那边，天那边，
隐约的一带

烟雾微茫里！

那里，可望而不可即，
仿佛居住着，
我所期待的。

凝思寂听，
并无凌波之足音。

一九三五

《武汉日报》1935年2月22日

## 吴士星（1910—1991）

### 曙

好像是院里响着轻巧的铜铃，
细听原来枯叶吻着晨风爬行；
不知何时青光偷偷攀上窗棂，
它存心想窥破我室中的秘景：
当我把惺忪的倦眼微微舒展，
在刹那间真的逸去一个黑影。

在刹那间真的逸去一个黑影，
静悄地迅速地飘忽如一股风；
虽瞧不清却使我感受了悸动：
因为正是如此你已从我逃遁。
我于是飘然下了床跟踪追寻，
半清醒里想着你已经在悔恨！

什么也不见除了阶沿的晨曦，
什么也没动除了微飔的叹息，

枯叶上也未载你逝去的足迹。
和以前千百次为你疯狂一样,
脆弱的心弦又遭了惨的铁蹄!

《世界日报》1935 年 3 月 11 日

## 艾　珂

# 候

不曾念到我之灵魂将失离其鸽巢吗;
室内无一生物，案头只你御黑帽之小影。

探首自将落锁之门扉；日暮了，
星星已爬上了屋脊。真地日暮了。

从野外转来，请折一枚多瓣的花朵;
随便你说，我一些爱你，顶爱你，都行。

我将闭起眼，安心躺下而谛听，那欧洲
古传占卜恋人隐秘之心的游戏。

《诗帆》1935 年 3 月 15 日第 2 卷第 2 号

## 方令孺（1897—1976）

# 园中独坐悼念玮德

软弱的双臂凭着亭栏，
亭外柳丝黯然摇曳。
困倦的灵魂啊，
悲哀同黑夜一般，
沉沉的压着你！

紫藤架那边
依稀犹见昔日的衫影，
是在惊里？
是在梦中？
我不信春花会早歇！

一只黑鸟横过上弦月飞
我看见天末有一颗星陨

《中央日报》1935 年 5 月 22 日

## 都额雅纳

# 悼

何必眷恋于往古之幽情呢?
任诙谐的宇宙永远加以嘲弄。

生命之宫的玄关已深扃了,
遂寂寞不复有青春跳荡的旋律。

惟逝者如斯夫,斯人独憔悴矣,
乃感怆大难来日之悠悠。

《大公报》1935年6月9日

## 程千帆（1913—2000）

### 题象

可惜人生，不向吴城住！
这句话如今我懂了。
十七岁是最好的年龄，
而苏白使她更年轻。

画图中有盈盈的笑语，
平面上立体之实感。
我将回答出毫不迟疑，
假若人问起这是谁。

《诗帆》1935年6月25日第2卷
第5、6号合刊

## 刘　宇

# 垓下

一片营火一片刁斗声，五十万
人底呼吸织成了一片战云。
悬岩峭壁上倒挂着一钩新月，
月光下展扬着诸侯的大纛，
——呵，无数傲慢的笑脸！

莫非三楚都已丧亡？
（汉军中底楚歌响澈四方）
淮南，汝南，彭城，广陵，衡山……
还有那应该衣锦归去底故乡，
——呵，那父母之邦的下相！

不用追悔鸿门宴时的失策，
不用追悔使王汉中的非计，
终于是小不忍则乱大谋，
大小七十余胜战底结果。

——呵，一片凄凉的楚歌！

“左！”
左，铁骑便陷入泥泽中，
真愧对麾下底二十八骑！
真愧对骏马，真愧对虞姬！
——呵，还有江东同生共死底八千子弟！

　　“力拔山兮气盖世，
　　时不利兮骓不逝；
　　骓不逝兮可奈何？
　　虞兮虞兮奈若何！”
咽呜叱咤的楚霸王，
仅留得这慷慨的诗章！

《大公报》1935 年 7 月 16 日

## 常任侠（1904—1996）

### 夜

一只大黑蝙蝠，张垂天之翼，
如太空撒下之魔网，
罗取蠢蠕之万类。

红的怪眼睛，蓝的脉管，
一头毒蛇爬行于十五级之高楼，
横攒夜魔之胸臆。

具有千只方喙之巨怪，
如贪馋窥伺临街而蹲踞，
被吞入者无虑千万亿。

在其惨白之齿缝中，
有宛转长哭般之歌音，
横陈酒浸之肉体。

一群土蜘蛛，潜行于暗弄，
饥饿，困顿，污垢，而喘息。
浊汗如黄色之威士忌。

跃动之磷火，骷髅之舞，
淫昏之氛围，病之呻吟，
都市曳过夜魔之玄裾。

《晨报》1935年8月15日

## 宋清如（1911—1997）

# 我爱北方

我爱北方之伟大，
有沙漠样浩瀚的情感，
山石上的风音，
平冈上的泥星。

天空的严厉，
霜雪的相期，
也许老鹰倦了飞，
也许羊群失了侣。

云天凝住她的笑，
牧童相和着古调，
无数庞大的飞禽，
在夕阳下骄傲。

世界全像是苍老，

不许装一分娇小，

只星空下之嘘气，

有可爱的飘渺。

《晨报》1935年9月5日

## 严　翔（1914—2003）

# 葡萄

水果铺里的葡萄累累，
流着酸，我又想起你。

那颗紫色透明的眸子，
你逗人泛着酸味的爱。

上帝乐园里的贵品，
我却作了禁果的采撷者。

生涩与刻骨的酸溜，
惋惜中说这太早熟。

可是，我感激那慷慨的投赠，
坦白无遗的热诚。

水果铺里葡萄累累，
流着酸，我又想起你。

《晨报》1935 年 9 月 25 日

## 周而复（1914—2004）

# 古琴

昔日的歌声呢？
幽寂地，
躺在灰尘里的古琴。

再也吐出不出古典的调子，
圣处女似的虔求，
已是枉然了啊。

萦绕在耳边刺刺不休地，
是记忆里的旧曲吧，
永远也不会停止了呢。

踏上你迢迢的路程吧，
去寻求怀念你的友人，
月亮是你的灯笼。

《晨报》1935年9月30日

## 番　草（1914—2012）

### 露行

六月的清晨是活泼的，
大地在曙光中苏醒了……
赤着脚，到田园去——
那是纯洁的享乐。

低垂的稻穗与丛生的杂草
会给予你以细腻而微妙的触觉，
而清洁的露水的濡沾
更使你感受到自然的亲切。

假若因此而你的想象放肆了，
你将会幻觉着你是在初恋；
当野蔷薇戳痛了你的脚心时，
那正可以当作处女的娇嗔。

《星火》1935 年 10 月 1 日第 2 卷第 1 期

## 侯汝华（1910—1938）

### 灯子

我提着小灯子，
找寻你，富有石榴花的梦的少年人，
可是，当我的眼睛望着你时，而你却又蚯蚓般的不见了。
我毁灭了我的灯，我静守着我的期待，
我在青青的梦水间，
企图一个富丽的影子的浮现，
当微风还未生翅的时候，
便开始我痴愚的心情，
直至星星敛了蛾之翼，
浓郁的山坠在暗水里，
而当黎明的号角鸣了时，
黎明呼唤了你也不见回响，
人啊！
灯子照不见你，灯子毁灭了，
阴影永远罩着我的心！

《小晨报》1935 年 10 月 10 日

## 沈圣时（1914—1943）

# 安特列夫

他的怀疑的灰色眼睛，
窥望这世界里的丑恶，
恐怖的悲哀永远咬痛他的心，
人世背面濛着透不过的黑暗。
那些象征的故事里，
潜藏着一个神秘的灵魂。
他抱着一颗绝望的心，
几乎无法设想这世界会变好，
讽刺里涂着一笔冷酷的灰白色，
一串解不开的问题，
挂在他的脖子上。

《青年界》1935 年 11 月第 8 卷第 4 期

## 李夹人

# 十月梦

耽缅于鸽铃之悒思，
有若败叶色地暗然吧？
旋振于蓝空的秋雁之羽，
戴有十月梦的浓郁味了。

神往于古槐的衰绿间的，
恋念也有着急性的流行症。
季节毫无声息底轮转下，
怕夏衣梦者会感微寒呢。

而系情于圣女的或男，
更伸展了贪婪之手臂；
遐思于一片诡秘的寂寞，
不耽心失落既往的矜持吗？

《晨报》1935 年 11 月 28 日

## 林庚白（1897—1941）

### 冬

冬，它带走了我的心，
只是一片的怅惘，
我关起了门，
没有冷漠，也没有温存。
冬，带回来了我的心，
我将在不远的春天找着了灵魂，
火炉里星星的火，
熨帖了我心上的创痕。

《小晨报》1935 年 12 月 26 日

## 沈祖牟（1909—1947）

### 无奈

我再也没有理由或啼或笑，
为你，或寻寻觅觅的怀思，
短槛疏窗中依然一身年少，
我悔写留千百万首歌诗。

愿听雨听风遣了海天寂寞，
愿每枝笔笨如一只水牛，
我不知应用多少苦心苦口，
夸张这无可奈何的自由。

《文学时代》1936 年 1 月 10 日第 1 卷第 3 期

## 孙席珍（1906—1984）

# 长城丸上口占

别了你，像一只
燕子，飞过海去，
渡过茫茫烟水，
穿过万重的云。

风是我的侍卫，
明月做我的伴。
你放心，到那里
我自会变成神，
碎成满天的星。

那是西？那是东？
只见水，只有云。
但不要紧，因为
大地虽然苍茫，
总有条路可通。

别了你，像一只
燕子，飞过海去，
飞着飞着飞着，
直要飞向无穷。

《现代青年》1936 年 1 月 30 日
第 2 卷第 2 期

## 罗莫辰（1909—1998）

# 二月三月四月

二月三月四月
季节渐渐渐老
我们不再去寻求插花的人
记忆中的山川永远迷濛着细雨
谁又说不别而行是一种过失
花一般的少女们的荫里
古旧的吻唛绿满苔藓

呵　季节
呵　庄院
雨中行人哼着小曲
楼上窗帘成天都垂着垂着
可让我们重温往日的絮语
失去了幽会的黄昏

《大公报》1936 年 2 月 14 日

## 姚苏凤（1905—1974）

# 烟卷之我

说尽了人生的隐秘，
一支烟卷是属于天机的：
在火柴的光焰里
烧去了熊熊的童心；
带来了烟雾里的中年；
而死亡在一堆丑恶的灰里。

魔鬼的呼吸里有一些芬芳，
而我有一个平庸的末日。
接触过光明也接触过热，
我接触了最后的毁灭：
纵然有过一支烟卷，是我，
我终于是一堆被遗弃的烟灰。

《六艺》1936 年 2 月 15 日创刊号

## 孙洵侯

# 小草

一支草在花圃里微微的叹息：
她受不了四周骄艳的威逼，
一早晨的阳光又催着她醒来，
过着一生的卑微是谁的安排。
命运在缥缈里执掌她的四季，
她的小生命不由她自己主宰。

《天地人》1936 年 3 月 1 日创刊号

## 任　之

# 生活

生活是落叶一片，
和西风原没甚恶感，
陨落在深谷，平原，水面，
是一场郑重的戏玩。
免不掉挣扎与旋转，
偶而也会有宁静的睡眠，
像苦瓜中混入了一枚橄榄，
也像多雨中的一个晴天。
担起你的梦，闭上了两只眼，
谁会给你一纸安乐的凭单?!
不过也有个如愿的选择，
有的苦了心，有的苦了脸。

十一，十四夜闻落叶声有感

《天地人》1936 年 4 月 1 日第 3 期

## 甘永柏（1914—1982）

### 磨坊曲

化作梦，化作一缕
缭绕的青烟；
当晚风勾上来时，
太阳在紫霞里安眠；
或清冷的月儿羞怯着，
悄悄抛出树尖；
淡青的景，携着
回忆的花篮：
你总是那样漫步
近了又远去，
像一缕轻烟那么
飘散地，溢着香息
去了又流连——

我默默，守着
一轮水磨孤寂转，

漏失的一滴
两滴水声，汩汩地
敲着夜的空间；
是七月底麦粉的
香息和着藻草与
霉湿的狭溪风，
我嗅着，像煞一缕
一缕消失又复聚的青烟，
那溢自你小白鸽的乳峰下的，
悄悄将这怅惘的景色涂染。

《天地人》1936 年 4 月 1 日第 3 期

## 孙作云（1912—1978）

### 夜游

当春夜充满明珠般的浮尘，
我们携手步入梦样的黄昏。
朋友，今夜的月亮瘦得像船，
在朦胧的夜海中明灭沉沦。

天上的星华，水中的火，
我们在湖畔眺望凝神。
朋友，记取这料峭的春夜，
让一缕的温柔永存永存。

但愿年年都如今夜的黄昏，
愿你的玉颜也永不消殒。
朋友，放缓你的脚步，
让我们走完这一更二更。

三月二十六日夜半

《清华周刊》1936 年 4 月 12 日第 44 卷第 1 期

许　久

# 写字间里佝偻着的人

谁说写字间就是天，
我是写字间，
我是一切头顶上没天的人。
春的消息来了，
天却青着没缝儿的脸，
闲散着。

那执矛的骑士，
冉冉地腾起在克罗咪烟盘中，
望望佝偻的背，
望望窗外的春天，
呜叱着驰去了。

而佝偻着的人始终在喃喃着：
写字间哪，
我不是还有青春吗！

可是，拿去吧，

我底血，

（我列祖列宗底血）

我恋人底夸耀呵！

佝偻的背更加佝偻了

于是，第二个骑士驰出了，

第三个骑士，第四个……

直到头都不再抬起的一天。

《六艺》1936 年 4 月 15 日第 1 卷第 3 期

## 衷若霞

### 脚

大理石刻的浮雕
两只银灰的鸰鸽

爽快的韵节
轻捷的步履
步步在年青人心上踏过

水蛇那么蜿蜒
晚风一样醺醉

幻想之虫蠕蠕爬上了

《大公报》1936 年 4 月 17 日

## 覃处谦（1915—1984）

### 眼

像春夜的湖蕴着我深郁的相思
我划着小艇披着梦寐似的羽衣
在寻找温柔或是凄迷？

春夜的湖，馥郁的眼
把忧郁的花开上我的脸边
小艇迷失在烟水中，在夜气里，啊天！
我才觉出浑身的寒颤
啊，那里有希望的星点
看，黑夜正无边……

误把浮生航入了迷津，那一天
那湖，那深沉的媚眼
做了我心的墓茔么？
让热情化冷露，变寒烟……

《大公报》1936 年 4 月 17 日

## 卞之琳（1910—2000）

# 休息（童话）

厌倦了自己的顽皮——
给正在午睡的妈妈
拨慢她表上的时间；
厌倦了自己的高兴——
看舅舅在白墙壁上
用窗子画一幅远山，
随哥哥出外捡贝壳

盛回大海的古音籁；
厌倦了自己的野心——
用一天疏疏的暖雨
灌溉一城的油纸伞；
多谢蜡烛火给指点，
像一双拖鞋在盼望，
两张并排的小白床。

《大公报》1936年4月19日，署名薛邻

## 李心若（1912—1982）

### 夜航

海儿暴，海儿宁，
但终胜过呆滞的河的，
而且给我的喜悦也较大。
然而闻虫知岸近，
我知我的船尚未出海。
但是，那里去了，
我昔日急欲一亲海儿的心？
唯老船然后喜爱江河呵！
我遂悲哀于自己
已失了年青的心了。

《文学导报》1936 年第 1 卷第 3 期

## 陈江帆（1910—1970）

# 退居

光居这乡村，
原是贪求避暑的风味，
现在过了一个长的夏天，
而新秋的木叶下，
我尚没有一些移行的意思。

幽僻的古风的园边，
很小心地栽下了几畦蔬菜，
野蔬供膳的日子有了，
空山时有梧桐的大叶落下，
我正好用以做成柔软的厨烟。

《文学导报》1936 年第 1 卷第 3 期

## 罗慕华

# 三四月的天

三四月的天，如同孩子一般
没有定准的心，忽而高起兴来，
满脸堆着笑，光朗的太阳，
照澈一江的水。笑意浮在
江水的波上，瞬着两岸的树，
两岸的草，使你会嫉妒，
不愿看那跳跃着的稚情，
那流荡着的光芒。但，说不出——
不能说是“爱”，又怎能托出
一时的恨，暴乱地破坏
这神秘的美？忽而几天，
连着几天，把快乐掩埋
在无边的云里，锁着眉头，
做就了一片烦恼，给你看。
使你想不出怎样获了罪，
左不是，右不是，这几天

给你的闷葫芦，也够你受！
你搁得住要搁，搁不住
却能对谁去说？有时候，
闪出一天的星，窥探你的孤独，
如同智慧的眼，看到了你的
心的深处。你也有一时的喜，
一时的烦恼，都像你的身影，
照在一潭澄澈的水里，
瘦削的轮廓，给你画得
清清楚楚。你不用逃，
也不用躲避，是上帝的错，
他安排下叫你受，管不了冷热，
阴晴；管不了苦和甜，
若不都尝受得到，
又怎能够度过了这一年？

《大公报》1936年6月8日

## 李溶华

# 变

小时我原住在乡下，看见
　　风的威风在篷上更凶，
就想跟白帆儿一起飞。

后来我要趁的是轮船：
　　大河为它劈作了两条，
落后了也抢白帆儿前。

左右虽两支狭的铁规，
　　火车可得了我的新宠，
前后前后全它的世界。

这时只想趁飞机上天，
　　去到云里低下头来瞧
地面上射来的眼睛：羡。

这才会变啊我的主见；

　　桌上的镜子可提抗议；

但我们一起拜倒时间。

《大公报》1936年6月12日

## 水天同（1909—1988）

### 忆——

我能供给
一切应流的眼泪，
该洒的血液；
黄昏来时，
我能伴着它低唱，
带琴来，或箫来，
全听你的吩咐，
全听你的吩咐。

此心所期望的，
不是平凡的幸福；
一切色声香味触，
我全可以解除；
即呕断词肠，
人说是桃红柳绿，
亦将颓然自返，

何况其他的欢娱。

你眼瞳深处，
纤手指头，有我
往昔幸福之源，
他们仍无恙么？
我能流血，滴泪，
或在黄昏里歌唱，
但不能了解
你抛弃我的原故。

一九三〇，Ithaca，N.Y.

《小雅》1936 年 6 月创刊号，署名斲冰

## 陈敬容（1917—1989）

# 诗一首

从窗间筛过来
一枕清凉
白的月色
多年病患者
无力的手指

风无影地来去
细细的，草的叹息
想有人彳亍在
荒郊里，要寻觅
高悬的明镜中
自己的影子

想哪儿的小茅屋
一曲弦乐完了
望几颗星子

摇摇，坠落了
——没名的泪

谁呵，一个
流落的老者吗
一个盲女吗
陌生人去敲叩
陌生的门

（我的门上有
一声沉默）

梆梆梆——梆梆
五更的柝声
在长巷里
呼唤着晓风

《绿洲》1936年6月第1卷第3期

## 李健吾（1906—1982）

### 化石

我是片出土的化石：
　封叠着云锁的馆阁，
不老的秋花和春月，
　人生千万年的斑驳。

我咀嚼僵化的青春，
　守着我前生的记忆，
看见一层层的纸张，
　密密压住我的喘息。

是什么流过我上面？
　是谁在我上面歌唱？
忘记了我是块墓铭，
　还是有意开这石矿？

你十九岁的少女梦

轻轻扬起我的尘幕，
噢！让我神秘的雕镂
拼成你无言的别墅。

六月二十二夕

《大公报》1936年7月19日

## 何德明

# 德明的写照

生来就有火焰的心，
它燃烧我的思想，
它点引我的热情；
我自认我不同凡人。

“固执”主宰我的人生，
它培养我的偏见，
它扶植我的癖性：
有时浪漫，有时孤静。

平庸的是我的姿容；
美丽的只有嘴巴，
（说话滔滔如雨下）
谁见了我都会惊讶。

我这生有一个愿心：

堆积起自信自尊，

（如一座万里长城）

将俗人和我划个清。

《诗之叶》1936 年 8 月 1 日第 3 卷第 1 期

## 宋衡心（1913—1965）

# 棕色的海浴

脂肪趣味的银行家的太太
固执的扬起棕色的细鳞的翅
她说“六厘已是另眼看待了，
唱戏的小丑是五·〇五厘
不负纳税义务的兵士是四厘”
我用鞋滑走着浮凸的天花板
“棕色的野蛮”我这样地回答她
“这是一只很深的白色的中国的鞋”

当我不吉着发见银行家的
锥状的打石的头盖骨的时候
我记起下一刻的约会
在有人致祭着海神的舸子外面
在那有意浣洗着
几个钱龟的白色来的煮盐的海上
我将妩媚的裸体的

棕色的海浴着
而缝纫着龟裂的推行的浪

而在无数沉重的赤色的脚
跆籍过来的腐烂的库伦上面
我有意四足的匍匐着
啮着滋补的化痰的地下茎

《诗林》1936年8月第1卷第2期

## 林徽因（1904—1955）

# 唐缶小瓮

意识中一涌清泉，一种轻新，
希腊当年的微笑
却像睡眠般无意底
献出一掬安静。
想这一小把黄泥
在聪明的眼或手前面变；
憧憬自然以外又以外的梦，
又留恋在人性边；
“创造”这薄弱的两字
当年
却不是空叫响的声音，
迫切的直是一闪雷电！
黄泥和灰泥奇光中
挣扎，挂一滴欣喜的泪，
从一朝代到另一朝代，
擎起不止一次诞生的酒杯……

终于由线同型超度

在时间外腾飞！

如果此刻我陶醉于这一曲弧线，

我不仅惊讶朦胧中盛唐的色泽

或那日月昼夜一千年，

我的心更充溢感佩的热情，

渗入黄泥，混沌的无言，

膜拜从古以来人的精灵。

《大公报》1936 年国庆特刊

## 高一凌（1916—1998）

# 通脱

扬长于智慧之路，
遗失了古坟心，
晚来投宿于荒庙内
数一吊念珠，静静的
对寒风从头慢慢收拾，
紧闭着空门，
冷窗下翻开一切
空虚的消沉的朦胧；
看出孤尘积厚，
将卒然提起云游铁拐，
对世人冷笑三声，
踏一双苦行云履，
走过秋桐锁住的苔阶，
超然的，扬长的
再奔向逍遥的天边，
空望望苍白月色，
潜潜远引，消溶进冷风去！

《大公报》1936年10月12日，署名一凌

## 常　白（1908—1982）

### 无题

用自己生命的手杖
一年敲开一座关门，
我是负重而艰于行程的人了！
每过一座关门，
我须得多背上一堆大梦：
有眼泪，有叹息，有无穷的惆怅，
但从未拾得着一朵长笑的鲜花。
照例今年我又叩开一座关门，
这回却什么都没有了，
惟见一片迷天的青烟。

《诗志》1936 年 10 月 15 日创刊号

## 沈旭春

# 无色的寂寞

梳妆台上有:
灯，富有异国的情调的灯，
灯绢子是红的。

灯，梳妆台上有一盏，
镜子里有一盏。

梳妆台上有:
绿的 Cologne 缀着 Max Factor’s 的金字
Cutex 玫瑰色的鲜，
黑荫的 Eye make up，
紫丁香放在一边。

镜子里，华丽!

两朵勿忘花似的眸子，

开在这华丽的镜面上了。

彩色的眼影，黑睫毛，
而泪水是无色的。

镜子，映不出无色的物象；
这无色的流液啊！寂寞。

《妇人画报》1936 年第 43 期，署名雨樱子

## 于一平（1917—1994）

# 雨夜篇

二十五支的
电光
摇动
我心底
十月的
雨夜

幻觉里梧桐
叶上的
Spary
跟住
流云
和一只风
溜了

墨墨的

链子

囚起

酒意的

歌声

病后的

气节

踯躅在

丘上

蒙着雨的

外衣

忧郁在

天空

幻异的

光芒

洒下颤音

二五,十一

《大公报》1936 年 12 月 16 日

## 敏　子

# 夜泛

——荔枝湾的一夜

夜的海风吹起来的时候，
海上的舞蹈会开始了。
一联队，一联队的轻舟，
载着如梦的丽人。

轻舟中我孤零的泛着，
仅有年青的舟子为我低唱。
一些属于怀古的短曲，
她唱出往昔芰荷风里的荔子香，
往昔豪华的海山仙馆，
她的歌音却有着惆怅，
和一些荔子般的悒郁。

我是喜悦着她的悒郁，
她更为我诉说往昔的风栏水榭，

往昔的歌姬和一些可人的佳话；
可是我没有这古旧的心情，
浮泛着，让那目光游骋。

那边游泳棚的年红光散射着，
使海面陡然披着如雾的轻纱，
人们是渴羡着鱼吗？
一个个鲜明的胴体。
胴体的鲜明飞翻着，
棚外人有幽禁之感，
我也渴羡着鱼啊。

海上的狂飙卷起了！
疯狂的轻舟的舞蹈啊。
一只售时果的船飘过去，
夜风中飘散着零落的荔子味。

唔，愿夜的海风把我们载走吧！
载走了年青的女舟子和我，
海上的流浪是美好的。

午夜的星子多起来了，
当话别了年青的女舟子，

作为倦游人而家去，

我已不胜于夜阑的怅惘。

《新人周刊》1936 年第 3 卷第 4 期

## 李育中（1911—2013）

# 时计

时计有着寂寞
虽然不时有人投以关心的眼波
那些图自己便利的眼波
究何补呢
它在壁上或桌上
无人陪伴的孤单
还要被迫走着茫茫的旅路
不时哼着无人回应的微弱之声
寂寞吗　时计
知道你息息地有着话语
然而是无人了解的话语
何日才会哑了呢
愿你还有那微弱而又寂寞的声息吧
人们才投以关心的眼波
你的呻吟不许有止息的一日

《新人周刊》1936年第3卷第6期

## 李金发（1900—1976）

# 仰卧长空

银河系的闪光，
控制着全部星斗
狮子座旁的空虚
给以太如哀怨之纠缠。
流星在一秒钟飞射，
向视力不及的黑暗，
守候张望较久的奇景，
再来的是一秒之十分二五。
在幼小之年
盼着彗星与海王星，
轨道外冲击的轰然，
避免了，再来的是二百余年。
去年指点过的不能自身发光，
成三足鼎立的星儿，
犹在失意地徘徊于头顶，
我站的地面已非旧日的园林。

《美育》1937 年 1 月 1 日第 4 期复刊号

## 李章伯（1906—1993）

# 希望

希望伸出无情之手
将我狂热的青春换一壶淡水

他如冬之朝雾
每向晓窗而涌入

其澈骨之凛冽
每僵梳妆之手

纵其不来
那青春也会乘着露羽飞去

我将姿情修沐
趁此时未生华发

而南岛之香膏

又烦梦寐之鹰的迢遥之翱翔了

廿五年五月于北平

《诗林》1937 年 1 月 1 日第 2 卷第 1 期

## 韩北屏（1914—1970）

# 尘封的时计

永恒地遗忘——
太阳冷却兆兆个寒暑表的温度，
星星不知陨落了多少，
地球的公转已不能计算其次数了！
好像在伊甸园开辟以前，
我就失去了我的记忆，
焦虑着：
何处挂上我的系念呢？
一个世纪
譬如我一捻指：
时间于我何有。

《诗志》1937 年 1 月 5 日第 1 卷第 2 期

## 周　麟

# 论诗

天地是一顶古旧的皇冠,
荣宠已经过去,
由打小鼓的买走了,
遂落了凡人的手
做魔师的法罩。

响起铜乐章
招来远处的寻芳者
看热闹者, 老叟, 幼童——
于是人如海。

即以毫毛为引子
吹一口气, “变! ”

应声倾覆了华冠
飞起一只白鸽;

我们伏在鸽翎上，
跨过时间的距离。

廿五年十一月

《中央日报》1937 年 1 月 24 日

## 毕奂午（1909—2000）

### 秋日小景

累累的碧玉色的珠球
缀满葡萄藤蔓了。

在每家的碎石块
堆成的墙垣上，
向日葵瞪着大眼睛
看大道扬尘，
桥梁在重载的
收获谷子的
车轮的压轧之下作尖叫。
西风煽动着
柿子树，枫林
把一切山坳，原野
烧成通红。

无数农人的草笠

在丰饶的稻波中漂荡，
笑傲秋光，如千百万
军中的盾牌嬉戏着
长夏的骄阳。

《大公报》1937 年 1 月 31 日

## 慈侠如

# 题画

春来一夜雨，
云头的瀑悬得那么高；
山中的景致十分好，
没生水草的溪水，
淙淙的过桥。

空的一座庐，
那旁有株青松撑上天；
蓝天望不见一只苍鹰，
分明桥上有两个行人，
老的骑驴小的跟。

《中央日报》1937年2月20日

## 陈　时

# 天空的设计

天空是美丽的，
天空是我们的梦的王国，
是我们的家园。

天空是充满着迷人的光，
构成幻丽的背景。

但我们要以我们的梦，
我们的繁多而且单纯的梦来建筑，
一瞬间即须完成的。

天空是像我们的梦一样的，
一度，二度，三度，……N 度的空间，
旋转着。

我们要以直线，曲线和角度，

构成梦的流线型的建筑。

虽然，如同光一样，
有时我们的梦是空虚的。

我们要利用
春天，夏天，秋天，冬天，
四季的美丽；
我们要以记忆的音乐；
我们要以未来的七色的忧郁；
织成纤细的网。
遮蔽黑暗和危险。

我们要利用风和云，
使许多辽阔的荒地
变成很美丽的。

天空是无限的，
让我们宁静吧。

《诗志》1937年3月5日第1卷第3期

# 禾 金

## 四度空间浅释

远近法的地
行列线夹着大钟的街啊，
在灯光与车马的狂流中，
也曾想到下一个时间的
衰落与凋谢不呢？

黄昏如挥发油，
润滑了人与人的流；
人遥望着街端的大钟，
大钟以手默示了街的命运。

人的流开始溶解了，
荒凉侵蚀了钟针的影子。

时间的权威的手带来了
下一个时间的空间：

蒸发尽了的石油，
熄尽了街灯与小窝的窗，
溶尽了动的流。

“街的暮年是死寂的！”
大钟用手指示。
大钟用手指示：
“街的暮年是死寂的！”

一九三四年六月

《诗志》1937年3月5日第1卷第3期

## 严文庄

# 目的

有一个人以为人生是江河里的水
有趋向有目的地泻流;

有一个人以为人生是海洋里的水
无趋向无目的地起落;

一天,
第一个人发现了
江河的目的及趋向
是无目的的海洋。

《新诗》1937 年 3 月 10 日第 6 期

## 李白凤（1914—1978）

### SPANKER

我要在天空中写上名字
因之，昨晚落下的大星
变成我的爱人了
天乃我的袈裟——
点点滴滴的珠泪为些什么呢
你如旋风般的来
又如旋风般的去了
我乃千手千眼佛。

《中央日报》1937年4月3日

## 沈宝基（1908—2002）

# 闭了眼看罢

在这喧闹眩目的世界
闭了眼看罢
掩了耳听罢
天池里
映着天女的云
天池里
漾着天女的歌声

她们穿过浓雾
开了关闭的门户
你青春的苦闷
乃是她们来人间的路

她们带来
碧玉的幽鸣
她们带来

她们自己

于是你脸上
再没有暴风的消息
你的欲念
纯清得像一枝短笛

于是你便悠然入梦
梦见万年前
你原是春风里一棵野草
万年后
你许是
少女唇上的一个微笑
梦见万里外
转动的车轮
和车轮边的
你的清影

闭了眼看罢
掩了耳听罢
在这世界

《中央日报》1937 年 4 月 3 日

## 严文井（1915—2005）

# 萤火虫在雨夜

假若有个夜里你曾感觉几分凄冷
那是因没有星星暗空复被封上云
当你还没有入梦你看见
是否有只虫旋飞不出声
携有一圈青色光的小环
绕围在你轻俏的短裙边

所以有个人愿作萤终生
长携带那面冷的青铜镜
淡明亮可映出恋情分分

那夜假若你曾体验些微忧伤
那夜假若你还感觉几分渺茫
那是因雨斜风尖天破漏冰寒
苦心续延那丝光燃尽那点子生命
有只萤虫无声的飞旋孤另的飞旋

《北平晨报》1937 年 4 月 27 日

## 失　名

# 崇高的典型

如蒙雾的弱柳翩舞在朝辉里，
如雨后的青山掩映在波光里，
如烟影里的绮梦在画图中，
如夜海里的泡沫幻成春花，
如徘徊在月夜的海滨听聆伟大的涛声，
如投在自然的怀中领悟玄妙的人生，
当一个花影缤纷清丽的早晨，
我瞥见了我日夜追求崇高的典型。

录自《现代青年文库·新体诗选》，
大方书局 1937 年 4 月版

闵繁葆

## 星期六之夜

卸下六天字句的重量，
暂时放松了孩子的心。
让三月的风，
让窗内琴声，
让洋槐花的芬芳，
推我们走近了古塔，
走近了月亮。

毕竟是坐在这十三层石阶上了
开始了不打草稿的低语，
一看见流星掉到黑天外，
便讲说起银河畔的牛郎，织女。

那是人间的天上故事。
还让夜海溶化了我们吧！
永恒的把我们象征永恒，
我们成为天上的人间故事。

《中央日报》1937年5月15日

## 林　蒲（1912—1996）

### 蝎子

停下来息息罢
三更半夜墙底下
不断工作着的；

三年前亲切的声音
惊醒着三年前的梦，

且于昏黄青灯下，
忆起褪色古书里
一段古老的故事了：

　　为猛虎赶落枯井
　　（井松接住在半截）
　　而未直抵深渊的；
　　井底下盘踞
　　如蚁的毒蛇，

松枝快给松鼠啃断了，
他却忘形一切于舐食
面前一窝蜂巢
洋溢出的甜蜜……

是的，深些，更深些
我将在含毒的
甜的唧音里
延续我的残梦——

要提防掉到水缸中
明早给老张抬尸体
叫醒邻居看热闹；
螯剪虽仍为威吓的，
然而，你老了，死了。

《大公报》1937 年 5 月 16 日

## 邓均吾（1898—1969）

### 梦的素描

是一个无限的浑沦，
是一片苍白的旋转，
无色之花开放于
缥缈的时空之间，
无声之鸟歌唱着
永恒无尽的睡眠，
既没有赤黑青黄，
也难辨东西南北，
在无可奈何的寂静中，
轻微地觉着我的存在。

五·二十一夜

成都《华西日报》1937 年 5 月 27 日

## 鹤　西（1908—1999）

# 李陵

不再说一句话
望雁阵飞入白云
无边的荒野无边的草
月下夜夜你的穹庐是一座坟
莫再说一句话
要去
你就同你旧日的马
荒原上不由你驰骋
西风吹乱了头发
就落日你看见一把白银

《北平晨报》1937 年 6 月 1 日

## 吴奔星（1913—2004）

# 无题

这是榴花吐艳的时节。

我们邂逅过两次，三次？
我们的眼有亲昵的招呼。
和风传达我们生疏的气息，
我们的心说着纱罗似的言语。
（我们抿着嘴，
因为它是最低能的！）

你的脸开着笑之花，
我的脸也开着笑之花，
它们是同时开放的，
谁负这说花的责任？
你么？
我么？

怪不得这是榴花
吐艳的时节。

五月二十八日

《京报》1937年6月2日

## 锡　金（1915—2003）

### 看云

或许是人生如一片云彩
在青空里流转
变化得好奇怪
但无人会真把人生静观
像静观那云彩

奇怪的是云可真也匆忙
没一个时间静
人尽仰着头望
按捺不住思念的一颗心
一颗心也匆忙

有朝东风把散云结成雨
思念也失凭依
生命渐觉空虚
吹动那片思念在青空里
待个机缘化雨

《中央日报》1937 年 6 月 5 日

## 邢光祖（1914—1993）

# 赠肖汾先生

今天读到了他寄给我哥哥的信，
他清新的笔调使我想起他那种
潇洒的丰度和美丽的词句。

这回我独自在这片田野间徘徊，
从那一排排绿荫里，我似乎在听，
平地里我听到一片自然的妙奏，
我在问：是那儿飘来的，这片清音？
没有春风可以比得上你的温文，
没有山川有你那种灵淑的秀气，
你有天的清明，和流云似地天真，
就是五月的天气怎及你的美丽？
奇怪？上天把怎么个完整的灵魂，
来给装在怎样一首瑰奇的诗里？
在人生的户外，你杜绝同情的门，
你在理想的境内找着一个托寄。
因此，不论是清晨，或是昏黄时候，

你拖着眼，在瞧世事的白云苍狗！

《光华附中半月刊》1937年6月20日第5卷
第6、7期合刊
此诗与《奉答燕谋先生》合题《商籁诗》（二首）

张紫天

# 证婚

太阳和月亮是一对恋人，
他们使这宇宙美丽而神奇。
一个驾着白马的金车，
驱走了黑暗创造真理；
一个倾泻着银色的光辉，
使人安静鼓舞幻想的双翼。
一个抑不住热情如火，
追着向她拥抱过几千万次；
一个神秘得不可捉摸，
有时紧蹙蛾眉，有时充满欢喜；
有时躲避得不肯见面，
有时已经接近倏又分离！
在今天这七月的黄昏，
他们是举行了婚礼！
月亮披着逶迤的金纱，
正是成熟的芳时娇羞艳丽，

太阳醉红的庄严的脸，
被拥簇在紫云的宾客里。
彩虹的傧相，长风做司仪，
介绍是光明，主婚是上帝，
什么也没有缺少，
为了这一对永恒的夫妻！
海涛奏着雄伟的进行曲，
一个渺小的人坐着证婚的交椅。

廿三年夏于普陀

《中央日报》1937年6月26日

## 刘振典

### 气象学

我本不打算研究气象学，
可是于百年跋涉的中道，
却知道了一点三才的秘要：
人间的气温若在冰点下，
那薄命的风
将为春花的脸绣一朵冰花。
世路遂如爬雪峰。
纵有热情的阳光照耀，
使冻结的胸坡变作暖流，
会又像泉水入沙漠，
到人心的沙漠里只剩呜咽了。

《纯文艺》1938 年第 1 卷第 2 期

## 罗念生（1904—1990）

# 小讽刺

当我在人事的纷纭里乞讨生活，
当我分析米卖多少钱一颗，
　　　　水要多少钱一杯；
这时候我忘却了诗，只顾死活。

当我执着笔寻找那无边的想象，
当我细数商籁脱有多少行，
　　　　每行又要多少字；
这时候我忘却了生活，只图梦想。

《星岛日报》1939 年 5 月 7 日

## 雷因士

# 题

如果人间是海。
那末，说吧：
这一丝浪沫是我，
另一颗水珠是你。
四周是无垠的边，
酬应着漫漫的天，

扭亮了桌灯。
我夜坐窗前。
旧年的伙伴星散了，
友谊原是无情的线。
今日且把你拉着，
明天却又给命运冲断。

“过去是梦，未来是云，
现在流如电。”

回忆中多少人脸；
多少个清晨，黄昏；
还有我爱过玫瑰，
曾洒过几滴眼泪。

小园的草色变了又变，
时光把册子磨破了，
里面还透着依恋。
纸上的影子，
许是人间的爱，
与星日月凝成了一片。

《人世间》1939年8月5日创刊号

## 徐　訏（1908—1980）

# 真话

谁在说真话呢？
死者闭眼时一声长叹，
与婴孩从娘胎带来的一声啼。
还有是伟大诗人手稿里
偶而一个错字，
与疯狂者夜半里
一句残缺的破碎的梦呓。
但是这些，没有人懂过他的意义。

一九三八，一〇，二八

《人世间》1939 年 8 月 5 日创刊号

## 吕亮耕（1914—1974）

# 诗三章

### 一

有如墨鱼的触手，
要搂住溶溶的水纹，
在你的面前，我每每想，
喝一口你颊上的红晕。

为蔷薇？为芍药？为梅萼？
万紫千红都比拟过，
总觉得不对。这才悟到了
那是天上的蓓蕾。

禁品哪可采撷呢？
索性走开去，远观。
而我又悟得：有桃花千岁不凋，
好自餐华绝粒，再等五百年！

## 二

因悟得圣经上所谈的——
“叩门的必为他开门”，
梦中乃作了千里的远客，
寻访你久别的颜容。

犹是青青子衿，
犹是明洁的笑影，
你我并肩走了一段长路，
你无言，我也默默缄口。

醒来时风雨正骤，
我的楼居如一小舟……
嗟乎，几时春到同听江南雨，
诘朝为你市取驻颜的好花。

## 三

你对镜，镜中人笑你
簪花理鬓的腻姿；
努努嘴，回她一个薄怨，
“谁像你，铅华洗却了又添。”

七色的菱花，最爱模仿
你溶溶眼波的眩耀。
你敛一敛眉，日光无色，
窗外春山恨翠黛不易描。

你回过头来，无心逗弄架上鹦鹉，
可是镜子赞美，
“一幅绝世背面佳人图。”
你走开去，镜子又懊悔。

你需要镜吧？镜子也需要你。
你懂得这便是时空的来历，
古代女远了，可是铜鉴长存，
孩子，持赠你，请驻不老的颜色。

《南风》1939 年 9 月 15 日第 1 卷第 5 期

## 苏金华

# 星们的悲哀

一颗彗星从肩旁掠过，
群星相聚眇眇的耳语：
“这燃烧的一投，光荣的泯逝，
使我们这些仰仗月辉，
夜夜作夜的指挥者，
厌恶了永恒，鄙夷了坚定，
宁肯降而与草丛的露珠喁语，
不愿凌空一霎眼看世纪几变更。
去吧，我们相率追随那彗星，
在泥土中植下根须，
创树一带星的光林！”

彗星划开群星耳语的沤波，
曳一曳尾，坠入沉思：
“您看我一举足几万光里，
却也跳不出脚下的长索；

前面那颗陨星，才真是
挣断天羁，随了宿愿
辉煌的沉坠，劈开夜，
照红每一个人的希望；
这天外硕大的收获，
将爆破世间的想象
要去，我们追随那陨星！”

陨星急速的降落，不暇思索，
惟恐作无谓的光的耗费。
“但经过渺远的路程，
中受太空的消磨，
到地上恐已不剩一点形迹。”

香港《大公报》1938 年 9 月 25 日

## 失　名

# 漫步

在人生的途程上，
我独自漫步着。
我以诗的梦幻
铺作路面，
于是履荆践棘，
如行走天空，
飘忽而矫健。
于是我目之所见：
为光，为热，为飞鸟，
为蔚蓝的颜色；
即使有雾，有雨点，
我也会当它们是一串
友情的太息。和一些
天人的泪滴。
于是我昧于一切讥诈，
盲于一切丑，

不聪于一切诅咒；
绕我四旁的是
一簇簇的美，
看一丛丛花束点缀我
梦里的光辉。
于是我怡悦，
我异样地心跳；
我在漫步中行吟，
洪亮且清澈；
冲入重云，
如一群群飞鸟，
扑开金色的翅翼，
明快地笑。

《南风》1939 年 12 月 15 日第 2 卷第 2 期

## 马御风

# 致书虫

山鸠在林中歌唱，
地上有伞样的野菌。
和风信子，
和三色堇。

你呵，书虫，
怎样在你的狭小的房中，
孤零地度过你假日，
消磨你的青春？

你望望你的窗际罢，
四月的青空，
多静，多美，
它是否嘲笑你的愚笨？

在远远，在那边，

敏感的海在岩边低语;
你呵，书虫,
请听听它的诤言:

大地是书斋,
自然是读物,
泉源无竭,
一切的学问都在这里汲取。

《新青年》1939年第2卷第3期

## 李铃子

# 落星痕

喧嚣不见
履痕看山外斜阳
马蹄前
树影寻爬过流水
长长古道
数千年有行人
柳步的微风依稀鸟翼
仿佛灰色的织布机
印度少女笑开了
落星痕迹

《艺术与生活》1939 年第 1 卷第 5 期

## 赵目眉

### 无题

没有节奏的捣衣声惊醒舟子的午梦
浣衣女的手里揉弄着水底的云
流水这活泼的孩子
抛了一个天真的笑眼也自去了
莲叶顾影自怜
（我忘掉了自己）
这多么恬静的世界呵

《艺术与生活》1939 年第 1 卷第 5 期

## 史卫斯（?—1952）

### 百灵鸟

我的灯是百灵鸟，悬在窗外，
听他临风唱葬花诗罢，
送走我一个一个长日子。
点它在丛山一小楼，
让赶夜路的担心是鬼火，
不管风雨，携他走半里路，
归来唱着醉歌。他不更像个
画家吗？描过你，描着我，
我携灯离开你那样遥远了，
熄了灯，设想你如何度黑夜。

《南风》1940 年 1 月 15 日第 2 卷第 3 期

## 赵瑞蕻（1915—1999）

# SOUVENIR（1）

在立体上描摹文字的水彩画
一座桥，星子，猎猎的秋风，圆周内的三角形：

春日，黄昏茜色的云华
沾染上香草味，摇曳着金铃
我想钓获一尾江湖的家族
乘着晚霞放自制的锦绣的风筝
（那一根青丝寄托多少种心意：）
于是，有人带着雨雪来敲柴门
我说：不要豆荚和茄色的荼蘼
河岸畔有疏淡的光，是夜航的幻灯
敬谢主人意；今秋可过来饮三杯家酿酒
灿烂的俄罗斯，干吗不披着红风帽去？
满足江南的烟霞，云里有迷恋的山川
（累了吗，请坐下来先喝这杯浓咖啡）
听说城中明日有夜舞的茶会

你可别去，那会迷惑少年心；
调情的桃枝招展更明媚了
黄金色的稻田抹着阳光，（这诗神）
三岁会吹春笛，五岁上山捉野鹧鸪
十岁酿酒，岁春，你会背唐诗读经
那时候是绛色的温暖，绿色的花房：

而花房里有天却埋伏着只黑猫
妈说西域国有最甜蜜的苹果
日本富士山的樱花开得最富丽
孩子却不信，只懂园圃里的油菜
三月里开的黄花才懂得我的感情
设想十五夜圆月在琉璃瓦上轻抚，
这多神秘，多奇异，你不要骗我，
我能用清泉盛绿芷养金色鱼，
赤着脚，下水田捉青蛙，蛤子
清明，下种，编制杨柳枝的皇冠
你知道河虾什么时候产虾子？
蟹长脚的日子，月下水莲花的茁芽？
昨天远方来信说：大姑母死于战争
桃杀士，满街爬过虎狼虫豸
老乡绅送长孙上大英帝国念翰林
那里天浑，雾黄，人讲究礼貌：

青衫上沾着了巴黎的金粉
唉，夜晚提着红灯笼走黑路，你想象：

想像“十”记忆“一一”种蜂蜜味的调色
（鹅黄的和着蓝的，你说，化成什么样儿？）
圆周内是涓涓的流水，沉浮，荡漾吧，
一颗三角形的赤心，我留恋爱着那些
愚蠢的往日，多情的，跳跃的年岁……
你说喜欢紫色的寂寞，于是秋阳下
宁静地攀登莽莽的秋山，采寻一朵藤花
怀念呵，那些真实的影子，热情的，朴素的，
豆油灯色下，你展读校点汉书酌着热醇，
O，田园的欢乐，夏夜，炉火，*IL Decameron*……

于是，水彩画里流动着海洋的春水
闪着青青的灵光，学会了沉默，像条冬蛰的蛇：
（而蛇也成为风景，我是山水红绿的主人。）

一·十·一九四〇，夜灯下

《今日评论》1940 年 3 月 24 日第 3 卷第 12 期

## 阳太阳（1909—2009）

# 三月的水田

三月的水田是丰富的；
张开了堤口，
让春水流进来；
由这一块，
到那一块。

三月的水田是明朗的；
看得见水底的泥土，
还有——
青色的天空，
一朵一朵的云，
白色的，
灰色的。

三月的水田是快乐的；
水面划着圈子，

泥鳅在踊跃着；
那困苦的——
曾蜷伏在泥土里的生物呀！
以他们的力赞讼着欢欣的生命

三月的水田是歌咏的池子；
青蛙抬起了头，
而且吐出了——
对于那温暖感激的歌唱！
是亲切的声音呀！
在寒冬我们就不曾听见。

三月的水田是肥沃的；
而且播散着土地的香味；
三月的水田啊，
打开了平坦的胸膊，
在等着大地的耕耘者
去撒下他们的种子。

一九四〇年三月在新宁

《诗》1940年4月新1卷第3期

## 吴兴华（1921—1966）

### 观画

桌上摆着一张画——
一个女子跽在墓前
哀痛但无声的哭泣。
月是朦胧的，雾是朦胧的，
小溪映着雾月的黑天，
流走在柳树下。

翻过来：“如果你是那女子
我情愿作墓中人”
朋友啊，现在你已在墓中了！
但你心中的女子呢？
她也许流落在异乡的水滨，
凄惋的听枝上的啼鸟；
她也许正跽在另一座墓前哭泣，
哀恸着另一个人的死！

生前的一切原是靠不住的，
我甚至不清楚你的墓在哪里。
你生前羡慕古人墓前挂剑的友谊，
不知道你是否仍有闻鸡起舞之意？
如果我挂剑在你墓前白杨上，
还是只希冀着一个女子的哭泣？

悲哀和忧虑都没有了，
此后我也要到异乡去流浪，
想我俩一生就像过客的匆匆，
“死”不过是小店中一夜的安息，
我就怕那儿的青春也是短短的，
像我们这儿易逝的春天一样，
或者那儿的女子也只会轻颦浅笑
而没有死后仍是忠实的爱情。

《艺术与生活》1940 年 5 月 1 日第 2 卷第 6 期

## 陈迩冬（1913—1990）

### 200V，45W

纤弱的，纤弱地亮
我不能把你写得辉煌

像病瘵的妇人
像咽露的蝉声

我们的世界竟无不夜天
如今还是十九世纪的光明

光明的赝品，夜的魔
伪善者的讴歌，我的憎恨

一九四〇年四月

《诗》1940年5月新1卷第4期，署名迩冬

## 关　露（1907—1982）

# 我是春天底风

我是春天底风，
我是保护自由的文献，
我奉着太阳底意旨，
要把生命底
意志之花底花瓣吹送到
人们底面前。

我是春天底风，然而
我曾经过积着厚雪的山顶
和铺着沙漠的荒原。
我跨过雁门关和
太平洋，来到这
温暖的地面。

我是春天底风，
我勇敢而坚强。

我爱我自己，也爱
地上的人们，
我愿意把勇敢的人们
带到光辉的太阳之上。

我是春天底风，
我展开我底翅膀。
自由之神把蜡烛插在我底羽翼上，
它叫我去告诉人们：
“只要你们也展开你们底翅膀，
光辉就在你们底前方！”

录自关露著《新旧时代》，1940年7月版，
标题为编者所加

## 罗虹楚

# 母亲

铜像般,
我伫立在这个干的河岸
为荒草所浸没的小径,
久久的凝眸着那泛着幽光的秋月。

用同一的光，月,
轻抚过那想不起古远的人类吧:
是否现在也在照耀
那婆娑荫影下的小屋内
熟悉的慈祥的脸容。
在生活鞭挞的日子里,
她老人家还在疲惫的工作吗?
我俯下头了,
于是,
　我忆起了她——我底慈母。

困苦与不幸既剥夺了她可爱的青春，
又摧毁着她这零碎的残年，
在她的生命上，
永揭不了那可怖的阴影！
但——
系着希望，
她微笑了，是那么的慈和，
她将那一切悲哀与不幸
深沉的埋在心底。

为了远去的孩子，
在如此的深夜，
她忘了困乏，
　忘了睡，
赶作着明天上路的鞋子

我很怕忆起我的母亲，
然我又不能不忆起她。

每当我慢步于秋原，
对我满刺荆棘的鞋子，
我必有一次的沉视，
如是，我忆起母亲，

带着希望，
我阔步了。

《诗》1940 年第 2 卷第 2 期

# 婴　子

## 画

向复仇的大地摄取题材，
你我给复仇的意志以深色的画。

因为流血，
乃有红色，
更因有田野的热爱，
乃取了绿色与浅蓝。

如你画中有远天，
给观画人以遥远的沉思，
我遂画一荒废的门庭，
说主人他从千里烽烟外
战斗着归来。

那末请更多的挥毫吧，
调更多的颜色，
我你有凯旋的巨幅。

《精忠导报》1940 年第 4 卷第 1 期

## 杜运燮（1918—2002）

### 早起

（一）

太阳在起床前
洒满了清凉
于人间
而把爱看热闹的星群
赶出蓝色的天空以外
于是，调色板上涂着所有的颜色
黑暗的统治崩溃了
阴影只好在山麓，
墓旁，屋顶下暂时藏身。

（二）

听见黎明诱人的叫唤
我走上戴满白露的阡陌

望着粉嫩的黑土里
伸出无数黄的芽尖
仿佛从那长得非常丰满的花朵
我听出土地的
欢乐无比的呼喊了；
咳，清澈的池水被油绿绿的细草拥抱着
阳光是已经翻过千万重高山的顶点
渐渐在田野上吸食露水了
而我真正想摸一下
站在溪里饮水的大水牛
在叶丛里不让人看见的
快乐唱歌的小鸟们啊
当我踟蹰着前进
落叶在我头上飘舞
仿佛刚喝完一口泉水的时候。

（三）

相信女人知道她的甜吻里有蛇吗？
远方顶着霞彩的山峰
知道它会给人以荒唐得
非常美丽的梦幻吗？
工作告诉你以人生的意义，

土地的气息告诉你

宇宙的秘密，

而早晨的一切告诉你

颜色的旋律

生活在人间的美丽啊！

香港《大公报》1941 年 1 月 30 日

## 白　练

# 古城之歌

那些憔老的裸体树
不知阅过有多少朝代的风俗
那些蜿蜒的川流
不知赏过多少有历史的人物

古城呵！
有过风雪翻花的冬景
有过雨后芦苇的波漾
说美妙而进画形

看看城陴的涂墁
看看宫殿的冷淡
许多往日的伟壮，雄图……
今日唯留下后辈探赏的愕叹

古塔痴然存在

破刹废然被弃

好像该死的老人

无有生色和气息

古城呵!

有沙漠船入境的足迹

有战迹击毁者的血痕

说悲痛而引情绪

看看城里的建设

看看人们的生活

许多往日的史艳历程……

今日唯留下后辈观鉴的奋火

五月十五日有感抄

《艺术与生活》1941年6月第19期

## 曾敏之（1917—2015）

### 寄

三月的春风吹给你一个梦
梦境的边沿有绿草如茵
以晶莹的心空怀梦里底白云
为什么不勇敢越过隔阂去证揭梦境？

绿蝉对唱着春的归去
柔漪的碧水怜惜喝了人生苦汁的人
看垂杨拂一叶轻舟
轻舟满载着温情扬帆遥寄！

枯冷的心需要热力温暖
热力的贮所却等待你去寻
烽烟遍地怅春归
你是否把握了时间底生命？

《柳州日报》1941 年 4 月 29 日，署名敏之

## 汪曾祺（1920—1997）

### 有血的被单

昨天得潜弟来信：说，四月中吐了三天血，其实，应当说是呕血：整块紫黑的血自喉间涌出。……他还太年青，他想做许多事，不应被衰弱磨折，他应该强健起来呵。祝福。

年青人有年老人
卡在网孔上的咳嗽，
如鱼，跃起，又落到
印花布上看淡了的
油污。磁质的月光
摇落窗外盛开的
玫瑰深黑的瓣子，你的心
是空了旅客的海船。

不必痛哭你的强拗
如一个农夫哭他
走失了六月的耕牛。……
想家的时候，你是

被秋千从云里带下来的
孩子，我知道。静静！
学一个白发的医生
告诉别人吧：我病了。……

五月九日

香港《大公报》1941 年 7 月 30 日

## 李广田（1906—1968）

### 悔

“小孩子哭着非找妈妈不可”的道理
你不曾想，也终未能够懂得，
然而你却爱拍着桌子大骂：
“嘀嘀！为甚么不给农民以土地？”

你一定痛恨极了，对于法西斯蒂，
而四堵墙里的王国你就是希特勒，
伸出粗大的手掌向小儿闪击：
“哭吧，闹吧，我就要把你打死！”

我们的生命真是罪过的堆积，
智慧与愚蠢也只隔一层模糊，
举起了后足早忘了前足，
命运注定了“给错误当学徒”。

《国民公报》1941 年 9 月 11 日

## 王　璠

### 蝉鸣

在水汽蒸腾的河边
当我们用清凉的河水
温润干枯的喉咙时
突然听见了一树蝉鸣
于是谁哑声说
蝉比我们被禁锢的灵魂幸福
因为蝉有声音
蝉有鼓风的翅

而我们只有一张徒悬的口
永远被摆着去扮演那
传说中的能言的哑巴
在这夏日的烤灼皮肤的阳光下
我们几乎连气都喘不上了
除了吐长舌头像一头狗
除了在七月的河边

倾听我们自己底灵魂的吐诉

随后，金属的蝉鸣声又起了
谁又哑声说
这将去的夏日这样热
又热得这样闷
我明日将开始我底海边旅行
因为当我寂寞地长啸时
寥阔的海洋会答我以感激的回声

七月四一年

永安《现代文艺》1941 年 10 月 25 日第 4 卷第 1 期

## 孙　羽（1921—2007）

# 幻住

### (一)

涧中人来说夜雨催水急
山栗都负重而落。
回去，拾五色石坠入清潭，
伴侣也将同样从镜开的
涡纹间幻得诗一首么？
但是从林园的松木门前
走过，印一身夕山的落影……
云，项铃，清浊和色调：
回首看岭上最后的驴的行列，
成为白日的颠簸之脚步。

### (二)

倚树观原上的村子：

落日光南去。

等星出时辨一辨方位，

以寻得那玄秘的石径，

那到幻住的谷去的。

昨夜的车，今夜的旅客，

有人把海螺壳掷向窗外，

幻住园的门是打哪儿敲呢？

一个果贩靠在白月的石上

曝着发霉的藤筐。

《沙漠画报》1941 年 10 月 25 日第 4 卷第 39 期

## 赵萝蕤（1912—1998）

### 归朴

世界真像牛一般庞大
千钧的勇士抗不动他，
站在他旁边一辈子，
只剩沉默的看着发痴。

清溪磨石头的声音滑，滑，
轻身的时间悄悄儿爬，
但到爬到我的脚前
我才悲哀我的童年——

渴望再回到小小的石头旁，
捉一回蟋蟀，在草地上躺躺，
悠闲的看着溪水皱眉头，
月亮弄花样，小星眼泪流。

廿九年

香港《大公报》1941年11月24日

本诗为《往复集》之十

## 楼　栖（1912—1997）

# 枕木

挤身于茂密的丛林，
撑繁叶于天空，
承恩雨露的那些日子，
是记忆中的颜色了，

匠人伐木的丁丁，
将我永远放逐于异域，
从此永别了昔年的伴侣，
结束了以根须与绿叶
制造粮食的生涯。

我于是给卸除了粉黛和浓妆；
以赤裸的躯体，陈列于
都市一角的广场里，
如商人的弃妇守着寒冷。

任深山、仄径、峻岭、河流、
鹤嘴锄和汗滴入泥土，
凿耕了一道坦途。
渡过河流，或者深入邃洞。

于是，我以赤裸的躯体
铺陈了这道坦途，
臂膀挤着臂膀，
像一道长长的云梯
伸向遥远的天边。

十是，两条铁轨
横跨我的胸脯，
到遥远的天边去，
到有着我的足迹的天边去。

于是，火车呼啸着
疾驰于铁轨上，
俨如醉汉的拳脚，
敲打在我胸脯的琴键上。

阳光、雨露风霜的熏炙，
憔悴了我的肌肤，

车头上偶然遗落的煤渣，
燃灼着我筋骨的痛疼，
而醉汉敲打的拳脚，
又是怎样的沉重呵，

我跨越了荆棘，负荷着艰巨，
为旅客安排舒适，
为自己涂写贫病的岁月。

而喜悦于旅途的人们，
却只愿意知道两条铁轨
架着列车的欢愉。

我虽不希冀闻达与别人的歌吹，
但我深深祝福我自己——
以赤裸的躯体垫平了路，
足迹远在铁轨的前头。

《诗创作》1941 年 12 月 15 日第 6 期

## 孙　望（1912—1990）

### 深巷

风声，雨声，
停留在树梢上。
近年节的农乡，
（贫寒的旷野）
是越见萧瑟的。
几家曾见围炉夜谈的豪兴呢？
居家人和出门人
有一样的惆怅。
马厩里的瘦马久无人骑骋了，
出门人没有消息，
居家人没有笑容，
雨夜的深巷，
也不再有犬吠。

成都《诗星》1942 年 4 月 1 日总 24 期

## 刘荣恩（1908—2001）

# 银壳上的一幅图画

人物在匠心的手里
中止了在一片银壳上：
永远是送别的少妇
永远在芦荻秋的篷船旁
书童永远夹着在套里的琴
友人在另一只船上等着。
什么时候草水涨起来
桨橹动摇，
醉了由送别而重逢？
僵在银壳上
几个生命，几个有飞韵的，
永远的“暂时”着了在客厅里。

《艺术与生活》1942 年 6 月 15 日第 28 期

## 张　芒

# 镜

——给一个海之子

亭亭地直立着的一对小晶瓶，
插上了深绿的铁线草，
安置在古镜的前面，于是
我也得看见我的海了——

我的海也是如此广阔，
广阔的海湾植着两株棕榈，
我每天从黎明凝神到黄昏，
棕榈的中间永远踯躅着一对眼睛。

我对着我的海寂寞地笑了，
我的海也笑了，而我憎恨啊：
为什么这不浪的海面，
永远留着了我的孤独的身影。

《国民公报》1942 年 6 月 27 日

## 胡危舟（1910—1983）

### 秋底绿色

我爱这比春天底绿色更绿的
秋底绿色

我爱这绿色
比聪明的鹦哥底爱绿更懂得它

啊，那些小资产阶级般的春天底绿色是
趁着气候，趁着性子疯狂的呵

——它绿到了夏天便动摇啦
　　它绿到了秋天便变色啦

而为着向那春天绿色的叛徒
投出独一骄傲的
这秋天里的绿底光泽
我唱出播送绿色素底歌

1942.8，桂林

《人世间》1942年10月15日第1卷第1期

## 鸥外鸥（1911—1995）

# 妳的选手

我的语言
一砖砖的立体方糖
抛放进妳听觉的杯里
立即发出ｓｓｓｓ的甜声甜汽的溶解
妳饮着这样的糖质的语言
美目盼兮巧笑倩兮的
逐渐支持不住
而且脸红了
体温骤增　有高度的热　脉搏加速　跳跃作声

我的语言
不只是糖质的了（使妳甜）
而且混合着酒精（使妳醉）
妳看
妳挽住了我的臂膀了
依偎着我的肩膊了

与我离座而去了

——去我望妳去妳又有些怕去的地方

我是不是一个骗子

妳的恋爱选手入选了一个骗子

录自鸥外鸥诗论《诗的制造》,

《诗》1942 年 11 月第 3 卷第 4 期

## 阿　垅（1907—1967）

### 喟叹

　　我不知道我为什么发出这畅适的喟叹
才走出门来
正好那个在街边吸烟休息的沉郁的脸的石工也喷吐
　出来他底第一口浓郁的菸烟。

　　喟叹是畅适的
天气是晴爽清新的
像才给
人类以第一次从山峰底青郁之间涌出的那个太阳啊。

　　我有什么？……
我什么也没有！——
你说有
好！那我所有的就是
这晴爽清新的天气。

我底心

像簇聚，耸峙，青郁的山峰

但是是沉默的山峰

你问我要说什么

我可不说的；

或者我将望着远远的，那远远的地方说：

“天

蓝得太蓝！”……

《诗》1942年11月第3卷第4期，署名SM

# 小扒手

尖锐的感官作探子
灵敏的瘦手作箭矢
他，黑夜的醒者
狩猎在这繁华的都市

轻蔑鞭子和手铐
他以老鼠一样的机警
啃啮敛积财富的箱箧
为生活，强求施舍

高墙和电网的前面
闪两只狡猾而讪笑的亮眼
似乎想透穿夜壁和仓房
掘出那肥肠大肚底秘密。

《诗》1942 年 12 月第 3 卷第 5 期

# 叶绿素

## 美

我想用粗黑的炭条，
在糙白的纸上划，
划下一根根糟乱的黑痕，
也勾出几条错杂的弧线，
托现出丰劲的人体，——
那腿和胳膊，那肌肉，
浮显着：浑然可掬。

我想捕捉，描出它底动，
也想镇压，奠下它底沉重：
这丰厚而又跃然的
　　　　人体——活物！
是我在刻划它？不，
我只热望要提炼粹取
它底力，和生命。

《诗》1942 年 12 月第 3 卷第 5 期
本诗与《爱》《我》合题《热源——自生活的
空隙中拾来的三个短诗》

## 灰　马（1915—2000）

### 星

我从肚里抽出丝来
给你看
这红得发韧的
热得透明的一绞丝
从心上抽出声音来
听得你的耳朵根发热
从黄河里挑了水来
不想湮没你
但我想洗清霉黑的世界
因为你相信——
爱情的光
都有一次闪烁

《诗》1942 年 12 月第 3 卷第 5 期

## 令狐令得

# 山居有酬

当迷雾携着寒冷拜访我时，
我以手折的枝柯撑起窗来，
让扬尘一样的细雨粒拥抱了我，
“早安！”再向四隅吐散清新的气息。

当正午是一片日光的辉耀时，
山色流水便都落于几席，
有挑担，提篮，背筐，匆忙的乡人
走过窗前迤逦的卵石径到市集去。

于是黄昏像一个遗忘的梦飘来，
远村人家屋上有平静的烟，
我将走下倾圮的小楼
到水畔独寻黄叶路，
在静谧里低呼爱者小字。

而每个漫漫的长夜，
不管是霜，是风，是明月，
灯光跳荡如不安的灵魂，
厌倦了幻想或是厌弃了兵书，
我将如白头的汉将占星而立。

一九三八，十一，九

《文艺先锋》1942 年 12 月 25 日第 1 卷第 6 期

## 郭尼迪

# 火车怀念者

在这城市里他住得太久了，
旅客的心正被远方的景物所曳引去——
单调寂寞的日子呵，
室内的视觉是这样地感到狭仄，
而街上却叫着一片无秩序的喧哗；
现在，他沉浸在记忆的瞑想里，
曳引去他的心的是一辆火车。

像一些孤陋的山民们一样，
它对火车也很陌生了，
可是在他的印象里闪出来的影子
却仍是无比地熟识亲切。
虽则外边是深沉的黑夜，
并且间隔地落着霏霏的雨，
他也想打一顶雨伞出门，
借人家屋缝里的射出来的灯光，

赶到他假想的车站上
匆促地搭最后的一列车到远方去……

他没有病，
身体却显得很坏，
他是如此地困倦了，
有什么事情使他苦恼着；
一连几个晚上了，
他怀念着火车，梦着火车；
他的思念也正像一辆火车
在时间的轨道上飞速地奔跑，
甚至像一辆脱了路规的火车
在盲目地乱窜，
终于有一天要倾斜地倒下，
被遗弃在一旁再待着修理。……

他的脸变得可怕地苍白，
他的自由被禁锢在狭仄的室内！
旅客是多么渴念着火车呵！
驮载着人们的希望和幸福
从这一个城镇到另一个城镇的火车！
掮负着丰饶的食粮
去解救某个地方的饥荒和贫穷的火车；

装列着战斗的士兵
赴前方完成自由独立的任务的火车，
即使人们沉睡在梦里的时候，
火车也愉快地叫喊着，
在它的生命历程上
一息不停地在向前推进呵！

他好久没有听到火车的愉快的叫喊了，
他想念着
从车厢里可以望到的明快的河流，
纯净的蓝色的天穹；
甚至车站上一个站员
挥一挥红旗的无味的姿势
他也同样地会感到欢喜！
如果真有一辆火车开到，
他会疯狂地从人群里挤上去，
即使被火车摔死他在绿色的原野里，
他不会怨，他是愿意这样死去的。

《诗创作》1942 年 12 月 25 日第 17 期

## 严杰人（1922—1946）

# 元旦献诗

除夜的最后一句钟
垂死人最后一声嘘息
一年咽下最后一口气时
一年又喊出了来到人间的第一声

不要争辩
时间到底是送我们还是迎我们罢
也无须去计较
我们究竟是走在时间的后面
抑或是走在它的前头
要紧的是我们要牢牢地
攀着时间的肩膀
和它并排地行进
向前作为再出发底起点的终点

站在去年和今年的交界处

站在分隔昨日和今日的关隘上
兄弟们呀
我们大声？誓罢——
我们要对上帝所安排的
时间的法律
作倔强的反叛
它使我们年老
而我们偏要年青

现在
我们不是正经临着一个旺盛的时日吗
兄弟们呀
不要辜负我们的青春罢
我们应该追求战斗
——这个世纪里最美丽的女神
我们应该和她恋爱，和她结婚
让我们在蜜月里受孕
怀妊一个健全的孪胎
生下一对双生的儿子
在将来他们的命名日
让我们替他们
一个取名：新的中国
一个取名：新的世界

桂林《大公报》1943年1月1日

## 臧克家（1905—2004）

# 舍利子

佛的额门口
有一颗舍利子放光，
我，我也有一颗，
它不在表面上炫耀，
却深深在心坎里藏。
富有四海的国王，
王冠上嵌一口宝石，
真珠绕着它发光，
像星宿护围着月亮；
我也有一块宝石，
我一口说不出它的价值，
国王拿着王冠来换，
我说，不行，这对我太不合算。
我从来不信奉什么宗教，
可是我是一个信徒，
“为它生，为它死”，

我可以这样对你发誓，
我信奉的东西只一个字，
它的名字就叫做“诗”。
有了它的照耀，
宇宙才不是一座囚牢，
有了它的润雹，
人生的场子才不是一片荒寒。
它把歌声送了流水，
它把颜色借给花红，
不是凭了它的歌颂，
生命的意义不会这么鲜明。
像音乐恣意的向卑污的灵魂
揶揄，
诗，它也不容情的讽刺着
庸俗，丑恶和自私的心，
这一些也非笑着它，
因为它们有眼却只认识黄金。
我用热情，苦痛，幻想，
盖起一间庙堂，
庙堂里供奉着我
诗的神像，
失眠的眼光，
是我长夜里烧着的两柱香，

叹息散成烟云，
眼泪做了椒浆，
我甘心把灵肉做一份牺牲，
用自己的红血“饮”这座庙堂。

《文化先锋》1943年2月11日第1卷第22期

## 范纪曼（1906—1990）

### 芦苇

一苇长芦
拂去了烟雾
港湾山色都静穆

淡薄的云
透明得很
帘着那乳白的肌肤

望——
那遥远的沙滩
一层褪色的风烟

冷落的渡口
在问候　那边——
独木桥的苍苔

那黄泥的桥头
剩一些——
卖鱼人散后的闲话

我悄悄地走过——
这独眼的枯井
摩不着她深奥的胸心

全人类皆欢爱
社会和谐无斗争
连芦苇也有这样的愿心

一九三二年十一月十二日于维也纳

《新流》1943年4月10日第1卷第1期，署名范贤本

## 罗寄一（1920—2003）

# 诗

一

你我不幸的体系里都盘踞
一个冷酷的帝王，发号施令，
遵守从原始到今天积累的文明，
我们奔向共同的黑色的标的。

被凝冻在固结的型式里，渴望
生命借一伸腰的跳跃飞升，
虚妄的是即生即死的姿态，我们
可骄傲的野兽注定该溺死在河滨。

当世界树立更威严的律条，
内外都有更坚固的霸道，
所有叛逆的向往都转为强迫的信服，
五千年传统，我们生来该苍老。

它已经从核心燃烧，
被丢进冷淡地流去的河水，
星光，大气，和煦的森林，
它再没有机会追求一次野蛮的拥抱。

剩下我，是陛下的忠仆，已经
忘记这一场悲痛的牺牲，
但在绵延的梦底山谷，又和它
结合，奔驰到白昼的边沿，
把爆烈的反抗投进航程。

## 二

我底蔓生的草原
等待某一个确定的投影，
或是迅急的天风里
一颗降下的流星。

我将远去，我将远去，
黄昏里的自觉有可怕的眼睛，
大地震，造山运动，世纪底梦，
太大太辽阔，我宁愿野火。

太阳下给我留一片灰烬，
知道“期待”是千古的名词，
我只是量变的分子，奇迹还在
深深的地壳，我底未结果的爱情……

三

终日往来于轻低的自我，
我们底国土，又幸福安祥，
信仰那端坐的传统的菩萨，
泥泞，恶臭，凄凉的夜晚。

哄骗自己底被欺凌的一面，
用一粒叹息中廉价的甘甜，
放下窗帘，天地已就绪，
委曲的火花正在强烈地抽咽。

生命要死去，你听满屋的钟声，
梦，是不死的，虽然我厌倦：
风雨，太阳，随时在教诲
时空交叉下丑角的恭谦。

尽有庄严的音乐底拥抱，

人性倾泻而歌唱：

抽象在我底情热里具形，

我骄傲于美丽的灰炉。

桂林《大公报》1943 年 5 月 19 日

## 沈祖棻（1909—1977）

# 简友

久不见弹吉他而歌的诗人，
眉宇间还有那一点幽怨吗？
湘江染碧的青衫早满是尘土，
夜雨会知道我们两地的怀念；
因为我们同住过一角小楼，
爱在夜间同听潇潇的雨声，
和着黄叶的飒飒，笔触的沙沙，
小窗灯影下的趣味是闲静的。
但也曾在寒夜同为警报惊起，
在防空洞微弱的烛光下读诗。
流亡者的屋宇是整个的空白，
文雅的芳邻遂为唯一的装饰。
忘不了你初见时处女的温静，
和在老友面前的伉爽的谈锋，
如今谁是那临街小楼的主人？
岳麓山畔还有我们的足迹吗？

你还在月明之夜弹着吉他吗？
仍有清晨的歌声惊醒你的邻舍吗？
在灯光下写着清丽的诗句，
你是有更多的江南战后的怀思；
但我已失去了那时围炉的情趣，
凋谢的诗意渐在我笔尖上的死。
然而在寂寞的久病的床榻上，
我仍爱听又怕听长夜的风雨，
不知道在远方怀人的永夜，
你的琴弦上也有风雨声么？

《长风文艺》1943年第1卷第3期，署名绛燕

## 许幸之（1904—1991）

# 酿诗

我酝酿我的诗
像蜜蜂酝酿它的蜜
　吮吸花的心
　接吻花的唇
　　我要
　我的诗
如同蜜蜂一般甜蜜
酿出甘美而馥郁的诗情

我制造我的诗
像春蚕制造它的丝
　消化了桑乳
　倾泻着青丝
　　我要
　我的诗
仿佛蚕丝一般明洁

吐出光泽而柔滑的诗句

我结构我的诗
像蜘蛛结构它的网
　攀缘着织丝
　结织着细网
　　我要
　我的诗
好比蛛网一般结密
织成装饰风味的诗章

我蜕化我的诗
像秋蝉蜕化它的银翼
　终日地苦唤
　长夜地怨鸣
　　我要
　我的诗
宛若蝉翼一般轻盈
发出窸窣而谐调的诗韵

我爱护我的诗
像母燕爱护它的燕子
　苦心地孵卵

热情地哺饲

我要

我的诗

就像乳燕一般高飞

长成矫健而敏捷的诗篇

《国文评论》1943 年 6 月 15 日第 1 期

## 孙毓棠（1911—1985）

# 失眠夜

午夜十二点钟，
　剪来一片月光，
照着纵横的枝影
　盖在我的床上。

两点钟：望着，望着，
　月影移向墙东。
窗外一声声叹息，
　秋天的叶子，和风。

四点钟：静默游荡
　在深而阔的夜里；
遍山遍谷的松风
　都叫我忘记，忘记……

六点钟：东边天上

吐出忧郁的鱼白。
该是休息的时候了，
邻家在喊买柴。

《文聚》1943 年 6 月第 1 卷
第 5、6 期合刊《一棵老树》

## 金克木（1912—2000）

### CAMEL

再来一支 CAMEL
是十年忘却的芬芳
眼前浮起你晴朗的笑

你坐下便是一曲 STRAUSS
却永不如我口头的 MENUET
波兰舞曲织出异国的哀愁

三月的花　四月的舞
五月的诗　六月的海
七月的歌唱　八月的月夜

月夜的静寂　从此十年
水波深埋入水底
从此十年　永不见回旋

待到银发丝丝

仍迈着 CAMEL 的脚步

在沙漠中背着空的酒囊

惯恼人的记忆

拖曳着长长的暗影

从明朗走向阴沉

失恋的男子的眼泪

被遗弃的女子的笑声

你不肯放手的“罪与罚”永在我心

恨不能化身千万亿

做尽无朋友人的朋友

天地间有多少星夜凉台?

清泪沾衣湿十年不干

十年一出古希腊的悲剧

惟有 Love is，So Love be！

地球的旋转何能计算永恒?

纵把时间截断空间划碎

谎言仍占有一个 Point——instant——如真

眼前浮起你晴朗的笑
是十年忘却的哀愁
再来一支 CAMEL!

深夜异国人的歌声
虽兵荒马乱不忘嘉节
叹息家乡空怀心曲

无心的男女才会歌唱
声声有情的无情
无情的有情是无言之曲

雨滴深深滴入垂老人的心
我已经躺在死床上
愿我的手不近说谎的嘴唇

愿我的嘴唇仍亲无情的额
愿上帝宽恕我游戏的当真
也宽恕我当真的游戏

生命的秋天迎来冬季
你的影子像热带的疟蚊
冬季的蚊虫才唱我的歌曲

也去吧！上帝祝福你
你背后刺人的勇士
你唱着悲哀却采着花朵

沙漠里自有 CAMEL 游行
CAMEL 的香味袅入天际
是啊！再来一支 CAMEL

《文聚》1943 年 6 月第 1 卷
第 5、6 期合刊《一棵老树》

## 李金锡

# 米虫

我是第三期肺病患者肚子里的
一条米虫，蠕动在不细匀的乳糜里
我底主人晒太阳捡择好食品
我从食品中丰富了自己

主人色情，主人也耽于酒杯的醇香
（在大肠里我闻见火酒的残余）
他咳嗽咯血，肺叶扯风箱
我很安然，肠肺之间有一段距离

生命终于背叛了我底主人
我蜷蠕在稀薄的食物卤里
我慌恐，但我的体内也有点贮藏
盼望明天溢来滋养的液体

明天脱期，明天比一世纪还长

明天同着我的主人进入另一个领域

肌肉腐烂，细菌包围我

我哭泣，变泥，在污泥里死去

《枫林文艺丛刊》1943 年 7 月 7 日第 1 辑

## 孙艺秋（1918—1998）

### 葬歌

留不住你
像春天留不住桃花
让你去
随流水飘遍天涯

留不住你
像青春留不住岁月
让你去
两鬓边的青丝变成云烟

留不住你
像野草留不住东风
让你去
叫杜鹃为你啼到天明

《枫林文艺丛刊》1943 年 7 月 7 日第 1 辑

## 葛白晚

# 招隐

你来吧，
且随秋风以俱来，
又是一年了，
愿你的足音仍如黄叶落地时，
那么轻飘的，
踅入我这孤寂的心门。
我还依依的惦念着你哩，
尚迷恋于那常被你银齿
咬着的朱唇，
你那长睫毛下的
一双如海的大眼睛。
我们不是靠着大石柱子私语过吗？
别来无恙吧？我仍时于梦中
追扑那对乱舞空中的蝴蝶，
系结于你那两束柔发上的大黑花。
几曾于大江边顺着你的纤指，

熟悉了对岸上你的家园。
你也曾在夏天里拈着纸制的秋花，
对我说害怕，
说怕前面的石狮子拦着我们的去路。
而今我们真给迢迢的山水隔断了，
夜夜枕上扑到的黑蝴蝶，
朝来依飞还你那双
如梦之柔的辫发上；
再也听不到二年前你说的，
你要戎装上绥远去的话语；
我寄给你的信不知换过了
多少封皮，终也无法投递；
极目江上尽是些陌生的景致，
纸花瓣也在书本里数度春秋了，
乃不见拈花人之微笑。
你来吧，你仍随秋风以俱来，
带着你旧日青女的装容，
我仍愿溶在你如海的眼睛里，
长睫毛做我浴后更衣的遮帘。
你来吧，又是一年了，
且趁这秋风起时，
把湘水两岸的人家指点我熟悉后，
你再片尘不沾的脚踹黄叶以去。

《枫林文艺丛刊》1943 年 7 月 7 日第 1 辑

## 胡明树（1914—1977）

### 我，有两个

这是拙著小说《娜娜珂》中的诗篇之一，拟娜娜珂手笔者，今从小说中裁下单独发表。

坐在房子里
我看着公园的喷泉
坐在房子里
我听着远方人唱歌曲

坐在房子里
我和火星的 AM 通电话
坐在房子里
我和他携手散步在银河边

不是
是遐想哪
是灵魂的出游

坐在房子里的　是娜娜珂

飘忽在房子外的也是娜娜珂

我，有两个……

《诗月报》1943 年 7 月 20 日第 1 卷第 2 期

## 张大旗

# 那城市

那城市啊……

屋脊挟挤屋脊
窗望着窗
像没有生命的动物
陈列的标本

银行建筑
成了无耻金钱的肺结核
安详的教堂
像一顶尖帽子

马车　仍是破呢帽的无赖驾御
唾着最单调的言语
——咳。公园，要吗
　　哦，跑马场……

临夜，那城市

睡去，雨落了下来

昏暗的街灯

散布一点光

《诗月报》1943 年 7 月 20 日第 1 卷第 2 期

## 陈伯吹（1906—1997）

# 生命之歌

生命可是海洋里的风波，
无边的风月照拂着漩涡，
　起了一朵又没了一朵？

生命是远足荷重的骆驼，
沉着的步子印下在沙漠，
　印下一个再印下一个！

生命跨上那漫长的旅途，
唱起豪歌四山峰谷应和，
　悲哀的歌和欢喜的歌！

生命而今擎起丈八干戈，
送乡愁归去寻旧时山河，
　向前一步呵向前一步！

《春秋》1943 年 9 月 15 日第 2 期

## 叶帆

### 致S·M

怨咎昔日之孤傲，
怀念昔日之废颓，
而近日之散乱，
又是征途上的寒风。

行于天才的路上，
涉足于群星之中，
又如一只青色的苹果，
授与人群以生涩味！

朝霭中的葱茏，
夜海里的大浪，
然仅一叶与片帆相视，
有无数黑影与暗礁。

《人间》1943年第1卷第4期

## 牧　丁（1916—1976）

# 第七盏灯

有人笑了，那是通过了
痛苦的甜蜜，乃有
梦，夜夜到天明

植根在人心里，开花了
在人的面前，指给我们一条路
乐园不在天上，是在人的
手底，然而，人是可怜的
经常在毁灭自己的功绩

所有的眼，都向一方投，成了
网，但仍守住了灰色的
沉默，因为，火炭是包在纸里

一九四二年十二月十日彭山

《长风文艺》1943年10月10日第1卷第4、5期合刊

本诗与《第一站》合题为《“沉默的呼喊”两章》

## 程　铮

# 鞭策

在我必然要经过的
那悠长的莫测的道路，
我并不厌烦惶悚它的
崎岖，险恶，阴暗与泥泞。

我爱颠簸地行进，行进……
何必怨怼坐骑的倔强，狰狞？
颠簸中，感觉自己的生存
正有着激越的节奏的愉快。

痛苦是多么温存和体贴
我抚摸着像吻殷红的花瓣，
那毕竟是一种经验的充实：
知觉苦楚胜过无知的甜蜜。

书房里挂一支马鞭，

仿佛一幅字画或伟人的雕像，

它蕴郁无限的辛酸和砥砺，

如在峻峭的岩崖我坚忍的驱策。

一九四二年十一月二日白沙节斋

《天下文章》1943年11月第1卷第6期

## 朱　健

# 我扬扬手

我扬扬手
再见，
朋友，兄弟
祝风帆涨满
给你们为险恶的道路
吓怕了的心　以安静
再见

再见
我的心宽广像天空
我的忧郁浓醇如夜
你们是两颗星
像纪念勋绩的宝石
缀在我的胸前
　　少女因眼睛而美丽
　　我的胸膛因你们而挺起。

再见

再见
我的怀念深茫如海
美丽的宝石向海底沉
啊，朋友，兄弟
如今我不愿捞出她们
生怕引出眼泪
再见

再见
星向海中坠落
海深也将为星星填满
海水溢出崖岸
我的泪水干了
再见

我扬起手
再见，
朋友，兄弟
我们
每人都见一颗星
星，结成了宇宙

祝轨道正常

让星星们

走历史的道路

再见

重庆《大公报》1944年1月23日

## 芥　子

# 弦子

让自己随一根弦子颤动
从萧条回到绿荫世界
在滴露的草叶尖停住足步。

在蓝烟里隐住面形
再跟着它绕过空庭
看空庭，早朽坏而荒芜。

愿重新挟这一阵幽韵，
并在这世界里无羁地飘行，
但弦子凝结了，像水
消逝了波纹，消逝了韵声。

重庆《大公报》1944 年 2 月 20 日

萧　荻（1919—2007）

## 梦里有支曳着萤光的箭

梦里有支曳着萤光的箭
像小流星，铮地响一声弦
挟着闪光，温暖刹那的黑暗

不必再拨诉寂寞的月琴
要越过沼泽，我有同路人
趁着这一悸，跳跃的火星

借每点匆忙的指引，看清楚
一粒砂石一堆土，在足下找出
再一次你应该安插的脚步

随每撮微弱的启示，向光明
报告更接近了穷苦的尽程
当桠叉着的枯枝，剪除在无人的荒径

门是我们开，不必等待一盏灯
太遥远，我能摸索出郁寂的丛林
或者有一蓬火，会熔化黑暗把一座山灼红

重庆《大公报》1944 年 3 月 26 日

## 胡大麦

# 色盲者

请告诉我，
青草有几种颜色？
蝴蝶和 ZINNIAS 的色彩
是一致的吗？

什么是灰山，和蓝烟？
金黄的打麦场又是怎样的呢？

红色是可爱的颜色吧？——
我听见人家这样说的。

《诗领土》1944 年 4 月 25 日第 2 号

## 白　文（1923—?）

### 贤人

贤人为逃开乱世
遁入云外的山中

石洞里来了景仰的鹿
伏在足边求一点爱抚
贤人乃于闲时读世间的书
饥时饮母鹿的乳

朝代曾有多次的更换
贤人头上生了双角
这时世上确已平定
但花朵外的贤人却已为人遗忘了

一日贤人在石洞边吃了一朵小花
忿怒的英雄遂扣箭在弓弦上
他对忿怒的人们说

害花草的鹿应以死来抵偿

这就是祖父讲的贤人的故事
我把它写成一首拙劣的诗

《飙》1944 年 9 月创刊号

## 陈孝耕

# 穿隧道

长夜是一条深的隧道，
黄昏为其进口。
黎明为其出口。
而失眠的我
像一个不安的旅客
凭着车厢似的
亭子间的窗
焦燥地抽烟

《诗领土》1944 年 9 月 15 日第 4 号

## 应寸照（1907—1986）

# 三人之夏夜

上弦月贴在云锦上
小酒铺里有个怪丽的夏夜
我们三人
占据了人们遗剩下来的
欠伸着的街头
说些梦话

枫叶是热恋驼铃的
田尾想念去炫耀的战地
捉一个一个人的宇宙
我只会得凝视着
街灯下面的雨夜，且，
苛刻而又姑息地
拷问自己
又赦免自己

《诗领土》1944 年 9 月 15 日第 4 号，署名寸照

萧同子

## 心的荒原

他的心灵像沙漠样的荒凉,
整日里大风把尘沙吹扬;
所有的水泉都已干竭,
所有的生命都已死亡。

象牙之塔已经圮毁,
黄金的宫殿也都顷颓,
在这寂寞荒凉的心原,
只有无数的号码堆垒。

那些号码排成奇怪的式样,
像迷宫一样的复杂,诡异。
他竟日在这里面逡巡搜寻,
搜寻人们所说的智慧。
他孤独,呀!他是十分孤独,
他忘记了自己也把时间忘记。

在心的荒原的边境，
移动着憧憧的人影。
他欣羡的向他们注视，
但永远不能同他们接近。
有时他脸上会起一阵痉挛，
像似在笑又好似哭泣，
——他悲悼孤独的命运！

在寂寞黑暗的深夜，
群星狞恶底对他窥视。
神秘的生命火焰在燃烧。
他只无言的注视，
那美丽奇幻的火焰的冷却，
和逐渐消逝。

《诗与散文》1944年10月第3卷第3期

## 李　瑛（1926—2019）

# 水松和马尾藻们

单纯的深蓝色摇曳的荡动着
成群的鱼成群的螃蟹和水虾和沉落的商船板和海藻
成群的岩石空贝壳和飞着的鸥漂着的船
荡动着来祭水国的故事
冲着这边冲着那边喜悦舞着的
在海底在岩石上作着梦的
紫菜，石花菜，水松和尾藻们
黄的，绿的，紫的颜色
穿织，纠缠，穿织在一起
像弃妇披散的头发，游荡着，摇摆着
裹住了鱼成群的螃蟹和水虾空贝壳们
成群的舞着，冲这边，冲那边
流过来海风与粗壮而忠实的波涛
轻轻地，又放开了
他们的纤弱的手臂，头发，纤弱的腰肢
多么聪明与智慧的

流线型的，摇幌着喜悦

但它们不歌唱也不说甚么

只是舞踊着，同飞着的鸥，飘着的船

紫菜，石花菜水松和马尾藻们

无休止动荡的生长，动荡的死亡

——九，十五，于唐山

《吾友》1944 年 11 月 12 日第 4 卷第 43 期

## 杨周翰（1915—1989）

### 诗

小心地这位黑寡妇在这片
欺骗乘残忍的海棠叶上
喷着毒素的火焰，烧死了
可恨的无辜，这磁性的火焰！

每天走到山上，山上的土壤
多生了一个疮口：这就是
铁掌里的泥丸，搓成了灰，
烧死了的。只是凤凰呢，凤凰呢？

这是有选择的过程，
变动之中唯一的不变。
在自我和自我之间无限空间里
飘荡着微微的一声叹息。

这是不能变为风暴的，

纵然把世界的比例缩小;
贪婪的豹子依然是豹子,
微弱的叹息依然是叹息。

重庆《大公报》1944 年 11 月 19 日，署名周翰

## 南　星（1910—1996）

### 赠礼

我献给不相见的友人的
荒城中的赠礼
是许多圆圆的榆叶
和几片从来不曾到天空来过的云
和淡蓝的清朗的山峰。

这赠礼是微薄的，
而它们是我发现的
一失难再得的珍奇和宝物，
“来接受它们吧，
这是四月刚过了一半的季节。”

当燥热的五月开始的时候，
每一片榆叶都变长了。
美好的云飘到别的世界里去，
山峰模糊而收缩，
只余下无从指示它们的我。

《诗领土》1944 年 12 月 31 日第 5 号

施承绪

# 十四行

一滴鲜蓝水，
点染着白信笺，
蘸上了蓝色的心哪！

您曾说过："离情是一杯醇酒"，
滞留在唇边的苦味，
醉后的干渴。

面对着海，看隐现的星帆，
寄留有别后的憧憬，
我迷茫在水天的界线里。

鸟的飞翔，
它何曾懂得"别离"，
我感觉它展翅的无聊。

说来该歌颂这一方粉洁的纸，
囿离人梦魂的小天地。

《国民公报》1945 年 1 月 3 日

## 沙　丘

# 废题诗抄四

什么伟大的建筑物,
和人类的文明,
和，什么地方的大瀑布或高原……
一切地壳上的东西,
都渺茫而且消失了。

这一个
地球的夜的天,
有宁静和死寂浮游其间。
而且有我
同样用了漠然星星的
眼光看着它。

一九四四,五三，上海

《草原》1945 年 1 月 11 日第 3 期

# 言之末

## 灯

有它陪伴着,
可以写一些字或者
看一些书了!
但是为什么它总爱钉住那面
印有我的淡影而且多水迹的墙呢?
听说灯近日被难了
在薄冥里等脱它困。

《草原》1945 年 1 月 11 日第 3 期

扬云帆

# 图书馆章

## 一、藏书室

从人类的花园里，
摘下智慧的果实来。
累积在这里……

每一张标签，
是一个名字。
说明着：
　　这果实的科属，
　　和含有什么维他命。

从藏书室里悄悄走过，
我像在读一部历史。
本本的书籍记录刻画了人的收获。

## 二、管理员

你终日躲在屋子里，
陪伴着书籍的人。

幽静，时间停滞了的幽静呀！
像寺院，只是没有钟声。

阳光流不进来，
你们的脸苍白了。

你们的心不是苍白的，
　　有智慧感激的微笑，
　　有纯洁的光辉照耀。

## 三、阅览室

每本书的封面是一道门，
打开它，门内就有声音，
招引你，请你进去。

有悲剧的人物，
有梦幻的男女，

也有苦苦灌溉的

成熟了的思想……

《突兀文艺》1945年4月新4期

## 马博良（1933—　）

# 黄昏后

披上轻罗衣
像乘船似地穿过雾中去
入夜了人像青色的酒瓶
弧形的　投着疲惫的影子
(你是娇弱的我知道)
到林中去吧
听死叶低低发出
　　　　灵魂的啜泣
明日的暴风雨的舌卷起来了
而今夜
你的眼睛替代了月亮

《诗歌丛刊》1945 年第 3 辑

## 杨 序

# 思想三部曲

（我的思想的诗篇就是由下面三种情感编织成的）

为了每一丝思想的纤维
　　都拉直，绞紧……
好抽出思想的线条
寂寞的纺车旋转着　旋转着

为了每一根思想的线条
　　都接头，组织……
好编成思想的白布
忧郁的梭子拍打着　拍打着

为了每一尺思想的白布
　　都缝纫成衣服，缝纫成温暖……
好穿在身上，暖下心上
愤怒的钢针贯穿着　贯穿着

三十三年十二月水浒宫

《文学青年》1945 年 6 月 5 日第 1 期

## 林　庚（1910—2006）

### 老

一切认为不可能的
它会随时间走来了
在夜的寂静的时候
在傍午阳光的早晨
让残破的孩子的心
说人生是一个空梦
记忆是一段描写它
留住了人们的步伐
在一个古的花瓶上
历史缩短到一句话
但海上的一只渔船
漂过黄昏的窗下吗
天青得像一条大路
它为谁安排下色相
我们愿意海会更深
愿意一切都到永恒

让人生是一个象征

它就在破灭时完成

黄昏做一只羽翼吧

飞翔在青山的原野

谁有过更多的心情

追寻人生的重与轻

永安《民主报附刊·十日谈》

1945 年 7 月第 4 辑

## 山　莓（1920—1970）

### 青春的恋歌

在春天
我想笑
我想爱一个少女
我的灵魂久久被严冬所闭锁
今天才给春风的钥匙打开
我要跨过寒冬的门槛
走到田野里去
在那绿发的森林里
久久就有一位等着我
去献一束桃金娘的爱神了
伊的名字
就是青春
让我卷起一枝芦笛
好好地吹吧
让我对我的爱神
吹尽我心头的恋歌

重庆《正气日报》1945年8月8日

## 赵令一（1920—?）

### 等

沿着石级，沿着屋檐，
沿着绿过墙头的草藤，
走，走去看不眠人独自
在山头上呆着看风景。

等，等等大雪等等霜，
等爬过墙头的日影；
可是西来的飞机已向东去，
没消息，也没你的信。

一把黄昏抓住你，不眠人，
怎样又遣去另一个黄昏?

重庆《正气日报》1945 年 8 月 18 日

## 孙跃冬（1922—？）

# 夜读《安魂曲》

呵，低头于艰困的境遇吗？
低头于穷苦吗？
不呵！一个艺术家的灵魂，
是没有什么可能衡量的，永远没有！
一个艺术家将以死于饥饿的最后一口唾液，
唾弃伪善者一文的布施……

莫札尔特呀，
为什么不解的问那位演奏行乞的街头艺人呢！
“你演奏莫札尔特的曲子可以生活，
为什么莫札尔特却不能够？”
你是为人类而活着，
你自己又算什么呢？

今夜是黑暗而阴霾的，
我读着《安魂曲》，默默地，

我知道这时星星失去它们的光,

我要燃一支火把出去……

四五,八,七,夜

重庆《正气日报》1945年9月4日

## 田　贲（1912—1946）

# 我的歌

在地球的一角
无穷的碧落临罩
我，
站立如一只铜像

在我的眼前
一条
燃烧着的地平线
我从这里开步
世界从这向无穷开展
我低吟着谁也不熟悉的一支歌
因为是我自己编制
谁也不曾听过的新曲
我愿意把歌声
散撒
如农人之播种五谷

祝祷给土壤一阵新雨
来检视
顶翻地表的苗秧
我给小草——我的灵魂
小草的灵魂
值得我思索歌吟
它也一样出现于地表
仰望着太阳——暴烧着希望

我
呼吸着天风
我在宇宙中是一颗星
是一个生命
是一个不可知的力的钮
是一片光波
我，存在
我消没
我在存在里消失，消没里复活
我是一个势力
我是一个破口大唱势力的歌的歌者
我，不是一个谜
只看你如何解说
是一个实体

变光变色都随我喜悦
不管你是铜铸铁雕
也不能不变光变色和我一样
唱我一样的歌
这样
乐和和地走出地表

在这世界里
你不能把我抛掉
你有我的灵魂
我是你
我是你的群众
我是群众
我是乡村
我是县
我是省
我是国
我没有疆域
我是世界
我是人类
我是宇宙的一个
宇宙是我
我是一

一是我
一个具体的哲学上解说

我观览流变的天象
在四季里存活
我生命如一枝新草
摇曳地
生长向太阳
抱着朝晨的露珠
殷挚地向大地要求希望
把我的生命全赋给小草吧
把歌吟全赋给小草吧
因为小草的宇宙也是我的
我是宇宙中的一棵小草
我无所奢求
只这样虚心地生长
把阴湿，污垢，脱叶给壤土
是游泳着自由生活的开创

我要自由
我要到铁厂把自由的模型赶做
迸散一万点星花，一片击响
一个爆发的希望

将要诞生在地上
我掷弃我的行束
如弃敝屣
安心地走上我的道路
仍不妨继续哼我自己的新歌
我要到一个国土去
我知悉这个国土了如指掌
我尽可安心地唱我的歌
走我的路熟悉如赴故乡
那个方面正出现太阳

1945 年秋

录自《东北革命作家——田贲》，
辽宁民族出版社 1993 年 12 月版

## 成幼殊（1924—　）

### 赠别

你带走，深谷里一小朵蓝钟，
你带走，一只细腰的胡蜂，
你带走，朝雾下的香蕈，
袖底，我少了一段流水。

你带走，月下露珠的微光，
你带走，一叶早秋的小窗，
你带走，我金边的书册，
阖住淡染的页。

你带走，几点檐下的残雨，
你带走，一匹夜嘶的小驴，
你带走，夕照里晚风的破琴，
那又像笑，又像哽咽。

是的，你带回些影子，又带去，

而且都已经丢失——
就连一颗闪熠的希望；
于是我沉浸于虚无的夜……

当我找着你留下的壮丽的明天，
遂也轻送掉梦的颜色；
仿佛任西风吹去一朵云采，
从此不问它的归期。

《前进妇女》1945年10月创刊号

## 端木蕻良（1912—1996）

### 鹭鸶树

当白鹭飞起的时候，
水里有我的影子，
我也生在树上，
湖水的家乡；
但是我飞得远了，
一直飞向南方。
我的皇后呵——
从你殷红的嘴唇里，
你曾说过我是它们的王；
我就要回去了，
回到树上的家乡，
湖水的家乡。

——作在十月的湄潭

《文萃》1945 年 11 月 13 日第 6 期

## 泥　沙

# 在阅报室里

更比百货商店的商品还要丰富的
更比五彩电光布景还要惑人的
这些政治思想装上形式——
通过时势与意识符号
摆设出来的样品呀

我必需戴上 X 光的接物镜
才能透视人为光雾弥漫了的真实性
我必须以久经此道的老内行的心
慎选比较我所需要的
才不致于上当

这样我怀着严肃的心情
从时间里生活过来了
我感到无限的涨满

——人民啊——在何处？……

《华西日报》1945 年 11 月 16 日

# 弦 平

## 吉普车

飞跃于廿世纪战时大街之上的,
绿灰色的小吉普车啊?
一阵风驰,
越过电车站之线了。
我看见,
绿灰色的制服,
张开微笑的阔嘴;
更飘过一条红彩色的,
女郎底围巾啊!
那是——
狩猎者底风景线。

《公道》1945 年第 2 期

本诗与《制服的炫耀》合题《都市沙龙风景绘片》

## 李拓之（1914—1983）

### 哑笛

——致死者

希冀的轻舟踏着寒涛翻飞，
云雀如流星，化一朵蝴蝶下坠。

荆棘园中，盛开生命之芳蕊，
热情的歌呀，是有刺的蔷薇！

月下的娇莲，闭合芳心入睡，
她温香喷溢，梦里光波熹微。

朝来赤足踏荒山，满山榛秽，
勿归来啊，此地是血珠累累！

热流在朔风里结成冻冰，
深夜的盲弦已经逃向冬眠。

春之消息呀，江上白帆无数点，
舟子的船篙随着逆潮旋又旋！

妖魅如花枝，插上了舞筵，
绮丽憧憬浮酒盅，泪华闪现。

牧女吹口笛寂然祷告于墓前：
勿归来啊，此地是荒郊一片！

《中美日报》1946年2月22日，署名拭之

## 钱今昔（1918—2012）

# 黑夜吟（二）

现实的苦痛是一具枷锁
法律仅是习惯的侍卫
憎恨变成了人间的经典
而“爱”遂被作为罪犯了

曾在高峻的峰岭间
曾在如练的流溪边
曾在短暂的晴天
与连绵的雨季
你忘掉了人间的血斑
但“归去”是何等的醉辛

而今，在寂寥的天边
有人忆起了一句短诗
——白门寥落意多违
他只是一个孤独的守夜者

《中美日报》1946 年 2 月 25 日

## 秦佩珩（1914—1989）

# 埋剑

我是嵌满群星的相思湖畔一株常绿的菩提树，
当我的幽香随了海天步入沉寂的夜幕，
不再如深宫长跽的美人感到青春的眷恋，
只让她独自哭向迷满了白苹的斜阳古渡……
难道是怀念那早经失去的绿叶之发，
不要问过去殷红的日子如何伴了闲愁，
梧桐落了，年年月月地渴待着归舟，
但——那归舟竟辜负了我那行将消逝的年华……
虽然，在遥远的蓉西，我已极度消弥我的踪影，
恰似古老的年代在金碧辉皇的古殿
里，一位勇武的帝王悲哀的把那油菜色的金剑
投向了大川，使它寂寞了，永远不复露形。
唉，让流年将生命埋掉吧，只剩下一片
摇曳的心，正像“爱渥鲁斯”琴弦上留下的哀音……

《大中》1946年2月第1卷第2期

本诗为组诗《商籁》之一

竹　歌

# 鬓边的小花

你把一朵
晚霞般明丽的颜色
之花饰在鬓边，
我柔绵的恋情遂一如你
纤细而曼长之发；
而那些绛色的、绯色的……
……和具有不可描摹的
奇丽之色的小梦
遂长缠绕在我枕边，
像那些绯色的、绛色的……
……幻丽的霞彩常挂在
眼睛的天幕上，
像一朵具有
晚霞般明丽之色的小花
常饰着你
乌黑黑的青丝发。

未忘花之十

《文献》1946 年 3 月 1 日创刊号

## 田　尾（1917—1992）

# 无酒夜

无酒夜月也凄怆——
红烛侍华筵记不起是几代前的豪举
　　而今夕独自浮绘在无言的苏州河畔
　　看百老汇巨厦深思憧憧哲理

锦帘隐羞滴落丝丝苹果绿的弦乐三重奏
昔时的侍酒女也还朱唇未改么
只是消息难透想是青春无恙

　星空灿然若有私语窃窃——
这地上的流浪者胡不归
　吁，他是酒的情人，今夜
伴着影子寻寂寞，再用点点寂寞
　缀饰曾经显赫而今黯然的空杯

《绿诗岛》1946年3月15日第1号

## 夏洛希

# 垂直线之歌

地平线
春空下紫黑的海面
桅插珊瑚礁瓶
海狸之螺旋形的遁逃
青空求心缥缈树底幻

海女听清澄铃之音
水滴的飞沫甘美底饶舌
三角形之翅白鸟舞
轮旋夕暮太阳之典丽
水银绚烂或玫瑰底绒毯

《绿诗岛》1946 年 3 月 15 日第 1 号

## 宣建人（1914—?）

### 憧憬

青色的草原，有秀丽的梦?

草原上牧羊女不再哀怨，百灵鸟婉转试唱新腔。和风掀万里碧波，青色的海。

莫悼惜青春的花瓣凋零，千万次的倾诉，仍不能挽回一瓣。让来日编织一只花篮，专珍藏着青春的花朵。……

生命正怒放着青春的花朵，草原上，将有暴风雨下降，勿抖落秀美的花。……

夜晚有繁星，点缀青年人的梦。

暴风雨过后，有阳光。阳光摇荡了青春的烦忧草。

为何烦忧呢?

烦忧如夏日夜晚的蛙声。

伊甸园里有春情——

春情奔放在三月艳阳。……

枝头仍未结果实。

花朵永远不凋零?

谁能摘美丽的梦，青色的梦？

歌千红万紫的花朵，盛开在草原上。

且把岁月掌握住，可尽知流水的奥妙；日月星的更换，是谁写下日，夜？

月月年年，年年月月，……

幻想为何不开花？

天边的彩虹如若是一座桥，将有人看天下风景，歌不尽的美妙。

思想的园圃上，谁播下音乐的种子，颜色有乐曲，悲歌。……

憧憬是一只美丽的花篮，专珍藏人间奇异的花朵，青青的草。

《中美日报》1946 年 3 月 18 日

## 任 静

# 走马灯

人生乃是，
走马灯中之烛焰，
在四季之马的，
永恒的，
急驰回转中，
逐渐消融成
缕缕的烟丝与
斑斑的
绯色的残痕，
如果风来了呢？
便流下血红之泪，
为自己的末运悲哀。

《民国日报》1946 年 5 月 25 日

# 叶　华

## 兽

愿是一只野兽，
健强的时候奔跑，
病弱的时候毙倒，

没有读过畸零的历史，
没有诵过悲恻的诗词，

也就不会在磨折中彷徨，
嘘出前人感叹过的忧伤。

《文艺复兴》1946 年 6 月 1 日第 1 卷第 5 期

## 应绯村（1915—1993）

### 记忆

我耽于回顾身后的废墟
拨开年深日长的荒草丛榛
寻觅故人遗下的一个笑容
或童年哀悼小花猫的泪痕
纵然记忆是一堆碎玻片
划伤了我的心胸
但那淋漓的血
却滋润了我将干涸的生命

《申报》1946年6月11日，署名绯村

## 徐　迟（1914—1996）

# 人所看见的森林只看见一半

人所看见的森林只有一半，
只看见树枝树叶以及树干。
它们又婀娜，又绿，又荫凉，站在空间。
来到了一些见识浅薄的近视眼，
在森林里只看见一枝树，一个华盖。
固然，没有一枝树不漂亮，不好看。

但是这些人看不见泥土里的树根，
每一个根都像瘦长的手指往下伸，
死命的，紧紧的，一把抓住了泥土，
却没有多少人曾经到那里去过，
虽然无数的根，在幽暗的地心，
造成了一个更大，更雄浑的森林。

生命力软弱的人只好在外边探头探脑，
但强烈的灵魂都寻找根底，都寻到

根的大森林里，那里有可钦佩的人物，
从他们，可以学习强烈地，有生命地生活，
我们一定要死命的紧紧的抓住他们，
直到我们自己也渐渐长上了深深的根。

树枝和树叶好像，却只是好像，
跟天空混合，溶化在一起一样，
根的大森林却和泥土结合，结合得紧，
仿佛来自亿万人民的强烈的生命，
连根拔去大森林，谁也不能，
即使狂风吹，末日的大火飞腾。

《联合晚报》1946 年 6 月 15 日

## 张　彻（1924—2002）

### 月下小语

不
不要加上衣服
你可知道
深夜的寒冷
有着凄清的甜味

来
但是要轻轻地
你可知道
在月儿下面
有着更多的忧郁

《申报》1946 年 6 月 21 日

## 朱维基（1915—1971）

### 物质之歌

对着从泥土里生出来的草木，
我曾为他们的颜色的盛衰，
生出合乎我的境况的情绪；

我曾把我浮世的欲望的增减
归因于水的涨潮或是退潮，
欢喜想我的血有那同样的节奏；

星辰的辉煌曾使我生过遐想，
我更溺爱过人工的焰火的灼耀，
和他们反映在湖水上的阴影；

我曾把我的头脑比作一块水晶，
（有着它的透明，和它的坚硬，）
我的骨头比作铁，筋络比作铜；

我只是歌唱了我的无常的情感，
把自然的事物借为他们的隐喻，
所以我是暧昧的，神秘的，不定的，

但是现在我不要歌唱我自己，
我要歌唱物质，物质的本身
和它们的对于我们人类的功用。

我要歌唱钢铁，和钢铁制成的
器械和工具，我要歌唱丛密的森林
和堆积如山的被伐倒的木材，
和水上的木筏，木筏上劳动的人；
我要歌唱水流，和它们的发动的潜力
和因潜力的推动发出的电的光明；

然后我要歌唱泥土，泥土的本质，
和人类在泥土上的行动和工作，
最后我歌唱人类仍复归返泥土。

录自朱维基著《世纪的孩子》，

永祥印书馆 1946 年 7 月版

## 刘火子（1911—1990）

### 问

——有赠

我骑着疲惫的马
走在沙漠的中央
我停驻于棕榈树的面前
问他生命的意义
他说“我承受上天的雨露
驮负刺背的艳阳
为了投给路人
一个憩息的影子”
我又朝着日出日落的天边
追问长庚与启明
他说“我奔驰于西方或东方
为了寄予夜行者一点慰安
为了预告黎明时候的到来”
我复向我的马启言
他扬着瘦削的四蹄

不耐烦地吐出一声呼叫

他说：我忍受着饥渴辛劳

为了把骑在背上的人

带到远方追寻一个喜悦的消息。

一九四四年·三月·桂林

《侨声报》1946年9月2日

## 方　敬（1914—1996）

### 时钟与路

在终年赶着路的行人
殷殷盼望着的耳里，
滞涩的滴嗒，滴嗒，
为封建，手工业，专制独裁
低唱着挽歌的后宫的漏壶。
戴上胜利的王冠，
中国现代的钟呵，
在这喘息着的陪都之夜，
似乎要让全世界更听清
你瘖哑的分秒与打点。

赶路人忙迫的步履
忽然停止在失望里，
全民族的热情
冻结在人类的海洋里。
天空，河流，陆道

都是胜利的——

我们前面有路无路？

满车满船满飞机过重的

是官阶，法币，私情，野心，

那见不得阳光的黑票，黄鱼

怎能引你昂然上前，中国？

《侨声报》1946 年 9 月 12 日

## 施蛰存（1905—2003）

# 卖梦

黏一条红纸在电灯杆上，
有人要出卖他的恶梦。
谁读了谁就是买主，
他该受到不祥的应验。

但没有人相信，
他真会代人受罪。
读过后辗然一笑——
除非他自己做了恶梦。

卖梦者也不会轻松，
明知书破了也未必大吉。
自己欺哄也是徒然，
或许反增加一倍忧郁。

我也曾出卖过一个——

不是恶梦，而是温馨的绮梦，
为的是，当我一觉醒来，
它给我莫大的苦痛。

我不黏红纸，亦毋庸书破，
只怕许多青年会来争吵。
我却要挑选一个合格的买主，
他必须前能禁受烦恼。

但愿我的苦痛，
成为他的幸福；
我把他用锦囊封裹，
郑重地叮咛交付。

但是我徒然费为心机，
昨天才把它卖掉，
当晚它又翩然回来，
不想已摸熟了归路。

一九四四年在长汀作

《侨声报》1946年9月16日

## 彭燕郊（1920—2008）

# 跨越

我们奔走在山岳里面
灰暗的石板路呵
灰暗的山顶，灰暗的看不见的山脚
这灰暗是整片的！
在整片的灰暗里
山岳和他的灰败的子孙们
度着永久的长眠的日子
这睡眠——没有肉体的喘息，没有梦境
在永久灰暗得像雾夜一样的
灰暗沉重的大气里继续着……
灰色的使人窒息的烟汽弥漫着
好像就这样地要从过去
直通向永久以后的未来！
没有风，也没有阳光
风和阳光都被藏匿在
灰色的幕布里面了

我们走着

清醒的足音，叩响着

朗笑从灰雾里鼓荡出来

恶梦一般的骚扰了灰暗的山岳

我们好像听到了雾里的喘息和诅咒

在包围了我们的警戒和拒绝里

我们跨越了一个山头

　　又一个山头！

《侨声报》1946 年 9 月 23 日

## 李长之（1910—1978）

# 泥水的小塘

为人轻蔑的
常是被人倾注着一切污秽的
泥水的小塘
忽然这一天
是傍晚
(那时很少人经过)
那彩霞
——宇宙间
最美丽的
还有
巍峨的建筑
茂密的树
统统为
这泥水的小塘所吸取
映成了最庄严、最堂皇、最丰富的图画
这泥水的小塘

谁晓得它——

变了质

改了装

这泥水的小塘

把新奇和伟大隐藏在

受辱和平凡

谁晓得它

有

这末一天

廿五年九月十二日作

《侨声报》1946 年 9 月 26 日

## 王统照（1897—1957）

# 是一片金霞

是一片金霞——
是一片金霞：
晴蓝晕紫互含加，
拖几簇暗褐峰叶，
开几层淡素云花；
波明万点，大流荡荡，
掩青闪绛似蹭爬。

是一片金霞——
是一片金霞：
比嫩姜显重，沉蜜浊美，
跃出“大冶”，明丽难描画。
夹断在双尖钟塔——塔下，
听阵阵晚祷声低压，
金辉松动，“万籁”淡无华。

是一片金霞：
“沧溟”薄暗，影现鱼鳞遮，
掠点点浮金；金线挑轻纱。
白鸥跕跕鸣咿哑，
翻连翩软翅，半映霞光，
绕几匝；天空海大，
翔飞辉闪任旋斜。

是一片金霞：
看夕阳已坠在西山角。
“彼岸”？非雾非烟真如假？
迷蒙中可听出喊叫，争杀？
散黄垂彩掩蔽着饿虎长蛇。
硝烟突荡弹飞花，
岸头，山脚，血渍浸平沙。

黄昏快走夜归家，
霞彩收敛鸟争杈。
展千顷波平，
结万山影静，
自然早付和平价。
可奈这多难人间罪恶，
无边涯，咆声具面利爪牙，

趁黑夜，吞噬有劲尽抓搞！
柔心，爱感，蹴踏尘土下。
装裹新奴非无价：
是一颗头颅，一方骨架；——
一口粗粮？一面无形枷！
凭火灼铅丸，尖刺鞭挞，
更利害的，是劳“你们的”手脚，
勤劳才得有的麦颗，豆荚！

黄昏快走夜归家，
鸟雀回巢散晚霞。
“我的黎明”要等痛苦化？
是谁人死，伤，流离，冻，饿，
烦冤，——任想，任恨，任把
脖颈自抹斲，不争差！
虫蚁万千却值一笑讶？
尽低能的天生“人料”应受
权威押。趁金霞散落，
地狱口开，火焰急喷发，
波涨山流——世界全翻压，
才换得造孽巨人心欢乍？
茫茫今古，人间蛮性难除灭，
在那方的乐园能开自由花？

《侨声报》1946 年 9 月 26 日，署名剑三

## 方宇晨（1925—1969）

### 路

站在三叉路口的朋友，
请告诉我：哪一条路
到城市？（那里的皮鞋
在马路上敲得嗒嗒响，
匆忙里全都擦得雪亮，）
哪一条通乡镇？（那里
土布鞋儿在青石板上
亲吻着原野里的芬芳。）
哪一条又伸入了许多
荒凉而寂寞的山村呢？
（那儿的阡陌边赤脚板
有永远踩不完的忧郁，……）

想想都会里有林荫路，
荒山中有驿道，海底下
潜水艇也会知道方向，

天空中还有各种的路:
流星，银河，雨后长虹，
飞机又密布起联络网。
你我底心坎里也有路，
路上有足迹，深深地
印下了，时光磨不掉，
急雨冲不跑，半夜里
仔细地听一听脚步声;
有的远了，有的还近……

杭州《正报》1946 年 9 月 26 日

## 杭约赫（1917—1996）

# 行乞者之歌

在这空旷的黯夜里，
我是个疲倦的行乞者。
多少同伴从这里消失了，
我在无数的脚印上踏过。

我曾经在“希望”的怀里休歇，
也曾为那“希望”唱着嘹亮的歌；
但现在，我感到极度的窒息和寒冷，
我仅仅需要新鲜的空气和阳光。

我不知道有没有慈悲的赐予者
能可怜一个更难的生灵。
在我那寂寞的路程上，早丢失了
母亲给我的眼泪和欢笑。

我是个疲倦的行乞者。

奔走在这空旷的黯夜里，
虽然我是那样疲倦而饥饿，
但我只向自己的生命求乞。

《侨声报》1946年10月17日

## 袁可嘉（1921—2008）

### 人生

远客叩门，
你睡着了，
恍惚听见雨打屋脊；
醒来，打开门，
客已远去，——
（他原只想来看你一次）——
路前扬尘，身后飞灰，
了无痕迹。

《益世报》1946年10月20日

## 袁水拍（1916—1982）

### 花

夜降落了，
雾滚来了，
雾沾湿了他的眼睛，
她的眼睛沾湿了夜。

路分叉了，
时间切断了，
他的手松开，
她的手遮住眼。

神走着路，
撒着花，
在苦难的路上，
点缀着爱情。

《侨声报》1946年10月21日

## 郭士浩（1921—1993）

# 菊花

在书桌前放一盆菊花
终日我们互相凝望
谁都不说什么

于是我有着一个愿望

我希望将来
有一个爱人
像你我
互相凝望
谁都不说什么
听着窗外的秋风秋雨
心上有着忧愁的默契

《益世报》1946年10月27日

## 马文珍（1906—1997）

### 乡愁

不雨长阴的十一月天，
引起游子的乡愁。

晨风中临流濯足，
望着长天嬉笑的日子呢？

童年的伴侣多凋浴灾难里，
远行人可曾走回他老旧的家？

山花仍年年寂寞的开谢，
但田园已经荒芜。

《益世报》1947 年 1 月 4 日

## 于赓虞（1902—1963）

### 海鸥

海天空明处，
是朝霞与夕阳，
海鸥飞翔浮沉——
　到处是家乡。
有时啄着海月，
有时骑条彩虹，
在这大千世界里，
　来去无影踪。
年月无意义，
宇宙深藏海底，
不需天堂之桥，
　无视地狱的网。
自由，愉快，
歌声追逐海风，
为那万里月色，
洒上美丽的梦。

《兰州和平日报》1947年1月10日，署名波西

## 林培茵

# 幻觉

像一个贫血的老年人
我穿上过多的衣服
连日间也乏力地躺在床上

我底脑中有一辆列车开驶
那么嚣闹地鸣响在我底耳边
于是我底头部显然较平常沉重

翻开的书在桌上发呆
积水的砚台不堪寂寞地淌着眼泪
墙上的弦琴向我苦意地傻笑
连安静的靠椅也想在地板上舞蹈
空气里常有彩色的形象显露
有金色的星子迸射在眼前
这些会使我们双眼感到疲倦
慢慢地我落入混沌的睡眠

《和平日报》1947年1月13日

## 骆宾基（1917—1994）

# 给 C 君

我不愿意被“崇拜”，
说什么存在的“永恒”，
我愿
生命闪光于一刹那，
就此死掉；
像闪电一道，
虽是那么暂短的一瞬，
却给这宇宙
一个大的震撼。
我带给了枯燥的大地，
轰然而降的
倾盆大雨，
而后人们在狂欢中，
把我忘掉。

上海《大公报》1947 年 1 月 14 日

# 何维尔

## 初秋

当你走进我的窗棂,
像一个寒伧的客人,
但：我是欢迎你的;
为了你带一朵淡云,
一颗坦洁的心,
和这片血色的红叶。

当你吹起一支欧芦笛走进我的心房,
像艘远航船驶近海港,
请让我以诗的韵脚把你留住,
听你说是从何处来，你又将何往。
或者织一个心网，系串铜铃,
聆取你诉述倥偬的故事。

一九四六,十一,十八日于天津

《益世报》1947 年 1 月 18 日

## 叶儿家

### 画

有你的轮廓，
我便好随心所欲，
勾出粗细线条，
涂上浓淡颜色，
在我心之画室里。
管你说：
“那不是我。”

《和平日报》1947 年 1 月 19 日

## 逢　人（1919—?）

### 峰顶

我不爱山坡和丘陵，
我时常注视着那山坡和丘陵上面的高峰。
那颓着头顶遮盖着云，
那上面有着星星的闪灼……

我所注视的峰顶终年给雪压着，
有一棵树，只有一棵树，
在西北风吹打的夜里曾疯狂地摇幌着，
我知道那顶上是太冻寒而冷冽的。

我注视那座峰顶一天又一天，
眼看着雪降落在上面，
后来雪又从上面溶化下来，
当春天来的时候它却那样孤寂地孤寂地流泪着，
我知道花和草将永远属于山坡和丘陵。
爱情属于那奔放的河流……

我注视着那峰顶如今不止是一天了，
那春天的到临也何止一次，
那原上的花开放着，开放着，
那峰顶的泪有时止歇有时不住的流，
但，当我每一次注视着它的时候我都有了
异样的感觉：
我漠然的怔栗，
我肃然的起敬，
我啊，雪花从眼里飘洒……

上海《大公报》1947 年 1 月 21 日

## 李思廉

### 兆

七分雨，
三分雪；
三分迷离，
七分凄绝。
你我相逢
在第十三个月。

《和平日报》1947 年 1 月 29 日

## 方 塘

# 听说人子背起十字架的时候

听说人子背起十字架的时候，
连一句愤恨抱怨的话都没讲；
听说，冥坐在丛茂的菩提树下，
释迦了悟了人生这苦痛的过场。

在那风雪的露西亚，人们常说，
深深的水，平静地流到天边。
那辛勤一世的老头儿罗曼·罗兰，
写着：浅水呜咽，深水则哑然。

最美丽的花，开在寂静的幽谷，
月的光华，只到深夜里才显露，
最精湛的思想，没有言语能表明，
最真挚的感情，看起来也最冷静。

想想我们沉默的大自然母亲，
千万年来，她都是悄然运行。

《和平日报》1947年1月30日

## 艾 青

# 赠诗二章（一）

你的诗像孩子的说话般天真
从形式的游戏接近了真理
没有枯萎的词藻腐朽的形象
没有假装的老成冬烘的理论

把写作看成一种科学
你冷静地做“定货”诗人
像公务员似的关心着业务
用电话处理你的事情

你爱现代的明确与新鲜
富有一个现代人的思辩
因此你向一种理想冒险
借天真的嘴说出大胆的语言

世界像长途汽车般旅行

愿你是一个旅客有耐性

到前面那个漂亮的驿站

人群将用欢呼向你欢迎

《民歌——诗音丛刊》1947年2月1日第1期

## 蒋　敦

# 星语

像天上两颗久恒的星辰，
我们都热爱着自己的轨道，
遥遥的互相辉映，
以灿烂的光芒作亲切的唤召……

像海底两粒晶莹的珍珠，
都蕴藏着生命中至深的痛苦……
在无边的大海中谁能相忘？
那海潮便是我们虔诚的祝福。

相距是如此的辽远，
我们又习惯了自己的沉默与寂寞。
当人间充满了偏见与罪恶
我们倒珍惜了这一点自由与孤独。

更深邃的心灵

总依恋着最平凡最真实的生命。

在海底，有珍珠；

在天上，有星。

都用自己的光辉，

召示着爱，召示着永恒。

《益世报》1947年2月16日

## 郑　敏（1920—　）

# 寂静的渴求

你支配着人类的心灵
好像水支配着人类的身体
没有一种溶液能够代替
你的必需的存在。

那些抱着痛苦逃跑的人
还有那些被幽闭的智慧
都疯狂的追寻着你
因为一个哲学家说：

你的终点就开始了
市场和毒蝇。而且
这里是一片伐尽林木的荒山
在时间的冲积里淌着崩溃的泪

而在遥远的山上与海边

有你所化成的古老的森林
永远展开它沉默的浓荫
拥抱一切“喧哗”的逃亡者

好让那些沉重了的怀孕者
在它的下面，歇息下来
等待着他灵魂里不朽的婴儿
啼出第一声不朽的啼哭。

《益世报》1947 年 2 月 22 日

## 杜美那

# 火车

你来了，
带着一阵喧闹；
你去了，
抛下一段尘烟。
你走着安排好的道路，
你来去在去来之间。

无尽的岁月
在轮轨上滚滚流去，
你对宇宙
不存半点憧憬；
你对命运，
没有丝毫怨言。

《和平日报》1947年3月9日

## 木　易

# 少女的行箧

检查的人们,

放开这少女的行箧罢:

伊已经用眼睛向你诉说了——

　　这里面一半是年青男子们的情书。

　　一半是“美丽”的欺骗。

《宁波晨报》1947年3月9日

## 易　水

# 赠作曲家

——听萧斯塔珂维区的第五交响曲演奏之后

通过视觉，画家描绘出
一个爱与憎的世界；
从生活中搜索，诗人摘取
伤痛或是连贯的影像。

他们用艰涩的翻译使生活转成艺术，
而中间的裂痕却须我们自己来弥缝。
唯有你，伟大的作曲家，
在灵活的音符的敲锤下，
你锻铸出梦与现实的
最最完美的结合体。

《新民晚报》1947 年 3 月 18 日

## 霍　薇（1919—2008）

# 人与人之间

如果我是只海鸥，
在我双翼下，
辽阔的天空和海洋
也会变小它的边缘。
但，人与人之间的距离
即使健飞的海鸥
也是无法测量的。

不必吝啬您一声叹息，
请为我灭了这盏残灯。
要留下一片无边的黑暗，
好埋藏您我不悦的回忆。

此后，我当学习，
学习像生物学家
调制适宜的

培养草履虫的温度，
谨防着人与人之间
感情的腐朽。

杭州《正报》1947 年 3 月 23 日

## 薄 居

# 三行

忽然觉着寂寞和苦，

　连母亲也想起来了，

要立即在一起，和你。

《和平日报》1947 年 3 月 27 日

## 杨龙章

# 灰尘

多怕人，这城市的漫天灰尘，
尘封了晶莹的花石，花石筑的路，
路上的行人，行人的眼睛，耳朵，
鼻孔，喉咙，和一颗透明如水的心。

不惯于它，我们的祖父都来自乡下，
那儿有一片常年微醉的湖水或河水，
水旁必有树，树外一箭之遥有人家，
而人和树和水都永远清澈，美丽。

为了挣扎和追求，人们才来城里拥挤，
匆匆的脚步就扬起了十里灰尘。
失去树，失去水，失去人性的美和真，
生活遂等于对灰尘的忍耐和欢喜。

更可悲的是时间与空间俱变，一瞬间

马蹄踏遍乡下，播散开灰尘和灾难，

怕灰尘者终无处可觅一片宁静，

即一点向往也成为荒唐而可耻的梦幻。

《益世报》1947 年 5 月 10 日

## 金　隄（1921—2008）

# 无声的舞曲

腾出手来掩住口
试把疲惫送入呵欠，
长短针也是伛曲的腰，
且选张唱片随它去转

维也纳的华尔滋
维也纳森林的故事

红灯下手指一上一下，
小黑猫拉长毛茸茸的头
举起个脚掌拨一拨线球
白鼻尖跟着飞下沙发

旋转，旋转，旋转，
海浪，白鸥，秋风，枯叶

“这个猫怎么这样惹气，
惹气人要到什么时候？”
竹针头突上突下
水晶眼骨碌碌跟上跟下

维也纳的华尔滋
蓝色的多瑙河

（一、二、三、）挥舞起竹针
“咪咪，试试，捉我的针”
逼近，逼它，水晶眼，跟住——
快抽，正好，没抓住

脚尖，脚尖，脚跟
起，飘，落，飞舞，神舞

逼近，逼近，抽远
“你不动？咪咪，你怎么不捉？”
时针拖成了直线，僵线：
换，要换，换张唱片

嗞——嗞，空转
沙音的华尔滋

脚步懒懒的响出房间
留下一个呵欠的回声，
小黑猫伸出白色脚掌
神往于无声的旋律：

旋转，旋转，咝——咝

《益世报》1947年6月7日

## 周定一（1913—2013）

### 赠诗

我的案头有一瓶水，
水说梦见窗外的花。
我推窗不见花的影，
抬头我看见一天星。
诗人说星是海的梦，
你是天上那一颗星？

卅六年四月廿五日

《龙门杂志》1947 年 6 月第 1 卷第 4 期

亦　明

## 从前有一个可笑的人

从前有一个可笑的人，
老想把自己当一件礼物送人，

人家把他当一盒巧克力，
带着满足的微笑放进抽屉里；

人家把他当一块衣料，
找裁缝来做一件新旗袍；

也有人当他是一件珍奇的古玩，
一个不适宜装菜的细瓷盘；

还有人当他一本难念又难懂的书，
孜孜矻矻费尽了细心去读。

这可笑的人

皱着眉想了许久，

才发现自己根本不是一件能送人的礼物。

《益世报》1947 年 7 月 5 日

## 黎　明

### 灵感

在月光之下，
在大海之上，
一种无名的感觉，
通过我的心房。
世界上只有幽美的诗，
朦胧的画，
和欢乐的吟唱。
在诗中，
在画中，
在歌的吟哦中，
也似隐伏着一种无
名的情感与力，
在宇宙中转流不息。

《大众夜报》1947 年 7 月 9 日

尼　刊

## 信念

不相信纤弱的星
　能在月的裙边闪耀
烛火
　会在阳光的金纱里辉煌

不相信弱者的呻吟
　能抑制海涛怒吼
落叶的叹息
　能使风暴战栗

　一粒砂
　充实不了宇宙

　一棵草
　点缀不了郊原

而历史告诉我
　一个人的灵魂
　能炽燃人类的
不朽的生命！

《和平日报》1947 年 7 月 23 日

## 柯　原（1931—2016）

### 生命

当火花在黑暗里闪光的时候
你是否也曾经想到
一个灿烂的生命是
多么像一首深邃的诗

有始也有终，生命并不是
一个缺少变化的惰性气体
正像不是为熄灭才燃烧的火焰
终会遇到一个熄灭的日期

但熄灭并不是消灭，变成空虚
也像充分燃烧完了的火焰
却有占了更大的空间的体积

所以你看见生命猛烈的放出光热
你悲哀他的熄灭，你还更要铭记
光辉的生命永远在世界上跃动。

《益世报》1947 年 7 月 26 日

## 奥　耶

# 摄氏一百度的朗诵

飞飏于柠檬黄底雾中的青春底狮
萦回着秘奥的游离线
构成生命高层底节奏的蹓跶——
永恒点缀在春之出发的裂罅中
由笑的翼飘漾于飞逝的轻淡
这是一种魔鬼浮萍的潋滟的出现
我赞美，以骨髓里最反叛的细菌来讴歌

《和平日报》1947 年 7 月 30 日

## 纪　弦（1913—2013）

### 诗人
#### ——代序：阿保里奈尔诗抄

拨着，拨着。
有“个性”的弦子。
他，
来了。
迈步于“创造”之广袤无限的处女地，
引吭高歌。
“象征”之魅人的精灵们，
环舞着，
在他的周边。
止于至善的“纯粹”：
一个诗人是一个宇宙的中心。

《和平日报》1947年7月30日

魏精忠

## 星之歌

夜星追引起我的悠远遐思
凝视着这闪烁的永恒光体
我羡慕你而写出歌情
你是永恒夜中反叛的点点光明

说你是夜园地中的哨兵
毋宁说你是不眠的眼睛
又像夜路上一个个宿站
一盏盏宿站灯的光明

我望着你有莫大的希望
也是我命运中崇高的思想
说你是闪耀的太阳光化身
你可偷视我深夜中的沉思

近来在夜园地中我常哭笑

或者徘徊歌唱的向你诉说着苦恼
突然看到流星孤光斜空陨落了
那我燃烧的心情好像也冲上云霄

我这夜行看星的人沉思着
把流星的陨落象征了苦难
这消迄的光亮燃烧出夜空的不安
仿佛一道光弧损失了一个希望

呵，你这永恒夜的反叛
我歌情你那闪耀的光亮
你这光亮是一睫睫的慧眼
纵然陨落了也带着光芒

三十六年、七月、四日，北平

《北方杂志》1947 年 8 月 1 日第 2 卷第 2 期

## 谢　豹

# PANDORA

那潘杜拉静坐在榻上
是一切愉悦的原因
我们的才智和人体的美态
我们被柔绵的手抚摩的
半幸福半罪恶的素习
在幽长的下午从
空洞的双睛开始
你失神的坐着
纯粹的女体丰富如神的厨房
惘怅的手指玩弄寂寞的手指
柔滑的衣裳这一切一切
不小心的失神
是我愉快的秘密
你短暂的允许
纯粹下午的柔情
你永远是静坐而失神
我们初次的懒散和好奇

《北方杂志》1947 年 8 月 1 日第 2 卷第 2 期

## 若　珺

# 遗珠

拾取贝壳者的足迹留在沙滩上，
被夕阳里潮水卷起，
贝壳在古代的海底腐烂，
也为人类述说沉重的怀念，

晨风中残留着珠色梦的温馨，
灯火在黎明中也无声息，
独有人伫立在寂静的海岸，
但见蓝色的海上，白鸥去来。

《益世报》1947 年 8 月 16 日

## 姜　泛

# 绿

生命的绿色
是我永久的朋友
散布在嫩草丛中
泅游于如一块碧玉的水里
秋天，用眼泪的海
飘起半黄的树叶
像一只只摇荡的小帆船

是那一个爱美的祖先
留下这值得炫耀的色彩
望见它
想起自己在怀抱里的时候
母亲的容颜
和初恋爱人带笑的脸

多粗暴的风

也卷不走活力的颜色
多昏暗的天
也遮不了健壮的光彩
不要叹过去的年华
像瀑布的飞速
更无须悲哀两鬓如雪如霜
只要在自己未完成的画面上
描几笔坚强的颜色
便使你显得年青可爱，
蜕化成美丽的蚕蛾
难得你云鬓风鬟
倘若缺少智慧的颜色
也是一朵枯萎了的春花

色彩
原就为点缀这无奇的世界
淡薄接近了颓靡
像悲哀的垂死者
刺激毗连着残酷
如耀眼的枪刀

有一天
太阳泻着绿色的光芒

大地上满铺着绿色的土壤
我们饮着绿色的乳液
放牧着绿色的绵羊
宇宙装饰得单纯
用不着再寻找
孩提时的幻梦
童话里的王国

人该有绿的象征
人该有绿的含蓄

三十五年六月三十日于罗道庄

《益世报》1947 年 8 月 16 日

## 俞铭传（1915—1979）

# 溜冰场

脚踏两条白银的钢，
通红的鼻子追逐着疯狂；
平行线交叉曲折的平行线，
圆圈里兜着重复的圆圈。

阳光正在和严寒竞赛，
苍白的是阳光的失败；
空气冻成了一把冰刀，
脸的溜冰场上伤痕千条。

固体的冰，气体的冰，
溜冰者在冰块里游泳。
两条青年旋转着身体，
地黄牛扮演无声的木头戏。

这一群零乱的男女的刀叉

画着䃳䃳派的五彩的图画。

有谈，有笑，有血，有肉，

还有一个说不出来的要求。

一九四七年一月北平

《文学杂志》1947 年 8 月第 2 卷第 3 期

## 杨　苡（1919—　）

# 生日

当我吹熄这二十八个岁月，
多少个影子向我走来，
述说那一串串曾为我
点燃起幻想而又离去的日子；
如云的梦在我的脚下滑过，
而后又在泛滥的泪水中长埋……

　　你这躺在地下的躯体
　　站起来，听我背诵
　　这一篇如传奇的故事；
　　你用海洋的沉默阖上了你底生命
　　去掷下一片湖色的叹息
　　永远，永远插在我痛楚的心里。

那些绿色的日子是逝去了——
当希望的花朵在我身边爆开

一个洒满四月阳光的花园，
当过多的欢笑，过多的梦
点亮了我的眼睛和嘴唇
当我的心里蕴藏着深沉的爱恋……

我是谁？我在什么地方？
这是一个善开玩笑的上帝
将我丢弃在一片荒原上。
无尽的孤独，无边的黑暗……
是谁悄悄的窃取了我的灯？
是谁扼死了我金色的黄昏？

而在远处有一群年轻人
举着火把寻找美丽的未来；
他们照亮了自己与别人的脚步，
他们的声音一如黎明的号角
在唤醒酣睡的人站起来
抖落他们的枷锁，向暴虐斗争！

这确是一个奇怪的世界
当人们用手或声音，甚至他们的生命
来争取幸福合理的生存，这时候
我却默默的站在黑暗中

在二十八个春天里耗尽
我所有的热情，却不曾流过一滴血。

一九四七年九月三日深夜失眠写

录自《棠棣之华：巴金的两位哥哥》，
四川文艺出版社 2019 年 3 月版

## 吴　越

# 田野

我住在城市总觉是在旅馆，
田野才是我自己的家；
我是泥土的儿子，
——出生在乡下……

当我住在城市我总觉得，
处处是那样的不惯，好像做客，
一切是虚假的，是无情的商业，
可是田野，对我呵却无比地亲切……

当我走出了阴暗的城门，
远山一见我就飞展双眉，
田野在迎接着我，
遥远的敞开热情的胸怀……

虽说是深秋了，

但南国的深秋是年轻的，
稻田是那样的碧绿，
树林也还有诱惑的青春……

多么地迷人呀，
秋的田野是沉醉样的安宁，
阳光温柔地拥抱着，
泥土有甜蜜的温馨……

从密林的叶缝滴落，
秋阳愉快地颤动；
蚱蜢不时从我的脚边跳起，
又戛戛地飞入另一草丛……

当我走进了灌木林间，
野蔷薇拉住我的衣角，
“坐坐哟，”她们热切地说，
“坐坐哟，有你我们才不会寂寞……”

一九四五年十月于闽西

《新民晚报》1947 年 9 月 22 日

沈　明

## 给小纹

十六年青春十六年寂寞
妳的忧郁比妳的年纪更多
妳常朝夜空遥望一个远方人
妳爱星光环绕着银河

没有恋爱过的感情最真
妳懂得虚荣是水样淡泊
妳眼睛的浅蓝像琉璃闪着光
妳摇着金发像春风吹动绿波

好花不能老在三月开放
幸福如梦中云烟飘过
妳有了美丽，冷的世界
却要把它当残花片片剥落

为了骄傲一颗十六岁的少女的心

不管人间的风雨给了妳多少眼泪
妳的纯洁就是妳自己的诗
别记忆生活里的那些小寂寞

录自沈明著《沙漠》，
星群出版公司 1947 年 10 月版

## 金　津

# 贝壳

久违了，
海的容貌，海的声音，
灯光下让我细细的抚摩，审视，
作一次遥远的温习。

晶莹的珠色的光影，
闪烁着的想是
海鸥的白翅，银色的浪花？
打开一个记忆的锦盒，
里面沉淀着万年悲欢……

冥想在一万年以前，
这荒凉的山谷也许是一片海；
水退了，海干了，
却搁下这一枚贝壳，
留作时间的记录。

那么这荒谷听惯了月夜的潮声?
悲哀而沉默的岩层里
也许埋有爱情的化石;
倒是我的虚荣与自私了,
忘记以痛苦润一颗明珠。

设想一个盒中天地,
我乃有了一宵的徘徊。

《诗创造》1947 年 11 月第 5 辑

## 杨世福

### 砂

让我们唱着沙漠的歌，
让我们拿着一本地质学，
让我们背起帆布的水囊，
骑着打盹的骆驼来旅行。

我们便了解了先知的预言，
更喜欢对于世界的发见，
每晚发光的星星是块块的石头，
你们小小的砂砾也有自己的星座，
微小的生命正如伟大的存在；
只有我们是迷失的，
在剩水残山的呜咽中，
纵横的轨迹找不到自己。

颗颗的砂砾锁着，颗颗
丢失了锁钥的宝藏的秘密，

我们便不能开启了，来数你
曾经过几阵风，几阵雨，
多少阳光的焦灼，
和你们沉重的记忆，
再不能打开丰饶的世界，
让我们放进一粒潜滋的种子。

等候有那么一天：
从山顶吹来的还要回去，
从海里冲来的还要沉陷，
从天空滑落的还要悬起，
仍然保有自己的本体，
智慧的造物主，叫宇宙
来得不多，去得也不少，
紧紧的守住他自己。

我们歌颂你强烈的生命，
简单的神奇和元始的感情，
你是历史的破碎，历史的凝结，
包含了无数的死和诞生。

《益世报》1947 年 12 月 13 日

# 落叶

寒风里
打柴的老人扫着落叶
像扫着凋谢了的年岁

寂寞的林子
寂寞的山
打柴人寂寞地来了又去

落叶也曾有过绿色的梦
太阳的日子
当严寒的季节到了时
它衰老了
死了，还抱着一片渴望燃烧而憔悴了的心

于是
在一个阴暗的屋角

在一个潮湿的洞里
从一堆用落叶烧起来的火边
我们生活在冰天雪地里的
为贫苦所戏弄着的人们
讨得了一份光和热

寒风里，打柴的老人
扫着落叶
像扫着凋谢了的年岁……

三十五年冬苏州

《中央日报》1947年12月15日

## 叶　金

# 失眠

失眠的夜里辗转于床上
思想的小河越流越长
万千的幻像如浓雾般散去又奔还
寻不见睡眠憩止的方向

隔房的鼾声响得如雷鸣
可不知他们的梦是甜还是酸辛的
但失眠者怕用灯烛去照亮
那些熟睡者死尸般的脸相

魔鬼在床畔嘈杂地舞蹈

带给失眠人逝去的欢乐和哀悼
烦忧的担子愈压愈重
思想的锤子也一下一下地敲击着头脑——

神经如钟表滴答滴答地转着运轮

失眠的人在谛听时间磨蚀生命的声音……

《诗创造》1947 年 12 月第 6 辑

## 方　平（1921—2008）

### 等

竖起一根红漆的电线木杆
你“宣布”这，就是电车站——
一段预拟的路线
一个遥远的目标
已有了具体的象征！
你“预言”便要有电车
来依着这周密的计划
载着快乐的我们奔向
那一个幸福的终点
而且，车子已经从起点
“顺利地”出发了
叮，叮叮叮叮叮……
你便要我们认真地
死心塌地，钉住了这两脚
等，等等等等等——
等你这一辈子！

《诗创造》1948 年 1 月第 7 辑
本诗与《变》《补》合题《街头篇》

## 圣　野（1922—　）

### 草香的黄昏

当两个人的脚步
　走在一起的时候
　　小野花掉着
　　　祝福的眼泪

当两个人的话语
　讲在一起的时候
　　含羞草睁大了眼睛
　　　也在大胆地偷听

当两个人的呼吸
　并在一起的时候
　　有快乐的蛇
　　　穿过发香的草坪

《东南日报》1948年3月17日

## 杨云萍（1906—2000）

### 寒厨

在寒厨寻找菜肴，
那瓶里留下了些少的酒，而我心里却留下了悲哀。
妻啊，多么可怜呢，
学不像古时圣人的安贫乐道，
还是把手浸在污浊的水里吧。
敞开窗子，
飘来了桂花的香气，流水的声音，
天在转，星星闪着眼，
妻呵，把我们的家
搬到银河的边上去吧。

《文艺春秋》1948 年 4 月 15 日第 6 卷第 4 期

## 徐朔方（1923—2007）

### 岁月

岁月如密植的行道树
正如我们初次散步时
心里想走得很慢
可是总觉得太快
不论谈笑或无言
行道树一株一株过去
我们相爱一生
一生还是太短

《文学杂志》1948 年 5 月第 2 卷第 12 期

## 雷石榆（1911—1996）

### 婴

他来到了毫不认识的世界
惊奇着光、色彩和音响。
好像一切是属于他自己的
单纯、调和而又无限。

他第一次从乳房感觉了爱，
因为他得到温饱和亲抚；
他笑，是满足的瞬间的开花
让大人忘我地欣赏。

他追捉语言的调子，
用一个音阶呼唤世界。
他以为一切都听懂他的饶舌，
正如他的哭泣会得到爱抚。

他不是单纯如白纸，

也不像感光的菲琳（FILM）

而是不能说明的

生命序曲的节奏的试练。

台南《中华日报》1948 年 5 月 27 日

## 甘运衡（1915—?）

# 我随着夕阳流水走

我随着夕阳流水走，一片嚣尘
落在我的身后，我不愿回首
望那旧日重楼，烟花风物，
酣歌醉舞，在我眼前
都是一杯苦酒。我不爱
凡俗。我喜欢掇拾山林，
寻一点清趣，长啸沙洲。我要
将我三十年烟云，尽入笔触：塞北
江南，我都曾漫游，并偎过
春风，学装一点风流，也曾像
柳絮飘零，被人踏成
泥土，更有一个时期，纵情
弹弄，寻不着一个侣俦，耽爱
这清苦的吟咏，这吟咏
又有什末成就，真是儒冠
误人，虚度了半生岁月，落拓

江湖，无刀抽来断愁。幼失
怙恃，手足星散，凭一根子弦，
五音怎末能够弹奏，战乱的
颠沛，转徙锦江贵筑，为了
升斗微职，一家大小都已
消瘦，羽翅没有丰满，如何
攀到高柳，无名的花草，从未
梦想摆上楼头，有谁
还去问流年，卜一个荣晦
休咎。风波终看人争，时艰
也无处能试身手，积年的
罪案，只有自讼在心头，没有
亲养，更不想作什末
利牟。呵，还是让我潜翼
戢鳞，栖止榛梗，把一天
风雨，尽来囊收。张吞那
千古的日月，煎炼傲骨，修养
自己满腹经纬，等待一个
时会，抽出万丈的丝缕。营结
一个网罟，重起一个崭新的
宇宙！暂不去管故山的
猿鹤窃笑，说我一身
寒伧，两袖空有，我自有

我孤洁的志趣，总要一朝
偿酬！我还是随着夕阳
流水走，不返回湫隘的
嚣尘，再作居留，我喜爱
这千山万径，一片明丽，一片
清幽，与松柏为邻，同禽鸟
作友，漫步邱壑，在这自由的
天地里，一人恣歌，一人
纵酒，学一学弓射，涤尽
庸俗，扯满风帆，向中流
放一扁舟，去觅桃源的渡口！

三六，三，一二

《文学杂志》1948 年 7 月第 3 卷第 2 期

## 唐　祈（1920—1990）

### 航海

当我们的船舶离港，航行
在海上，世界愈远愈觉苍茫，
无涯的意象，船是一个虚点在
椭圆的大海面升起，下降。

载着满船的交换物和梦想，
远飏呀！另一些船舶疾驰过去，
气笛放射着警戒的言语。

世界很大，大得可怕，
多少没有发现的陆地开始
沉沦，海底有期待突出的悬崖。

越走，越觉出人类狭隘，
一个海岸划分生死般森严，
城市，检查一些属于自己的利益。

一个国度是一些孤独的
岛屿，希望海水四面守护围绕，
军舰在沉默呼吸，并且夜里巡弋。

自然却静穆地倾诉，从不急燥，
大海有时长啸，有时孩子般大笑，
星星月亮都欢迎飞入他们怀抱。

太阳下虽也有阴影，坦白的
平面却闪耀得金珠辉煌，
世界在远航中有我的改造和理想

未来航线的指标都是一个彩色
与方向，辽远的海岸像自己故乡，
海上唱着同样歌声，欢呼着一个方式。

《华美晚报》1948 年 7 月 26 日

## 邹　绛（1922—1996）

# 我愿我是一首诗

我愿我是一首诗，被人读了
又被人忘记，正如荒径上的枯叶
从前用低昂的绿掌向四方招引
人们惊奇的视线和赞美的话语
而现在，随同千百万纷飞的伙伴
落下来又和大地结合在一起……

让爱到田野来的人趁早来吧
沐着金黄难得的阳光，缓缓地
从我和我的同伴的身上踏过去
我们将奏一曲沙沙的挽歌，告诉
青春的血液流去了再不流回……

但当寒风举起无情的扫帚时
我们就只好匆匆地打着旋走了
让好心的农夫将我们收集起来吧

我愿我最后的躯壳焚化成软泥

能给来年的小春多添绿意……

一九四八年五月于万县

香港《大公报》1948 年 8 月 18 日

## 周　为（1915—1997）

### 爱

由一个无法解释的起点，
他们默默地向对方走近，
那时他们还没有把它发现。
盲目的情感带着盲目的人。

等他们到了要求解决的时候，
不幸的，他们发现了自己并非徒手；
生死的搏斗从自卫开始，
大部分结果很不幸只一方面放下了武器。

最真实的人也只喜欢自己在对方重现，
它的真面目被埋葬于自私的人性，
那时他们才看见阵痛的火花，
因它要他们舍弃自己让它完成。

三七、八、廿三，港

香港《大公报》1948 年 8 月 29 日

## 汪铭竹（1907—1989）

### 题画

半丁老人拟青藤道士泼墨葫芦白菜图

壶中自有天地，
新菘一颗，为我勾起
一些人生之淡泊味。

二十世纪之叫嚣，处处是
走江湖卖草药郎中的叫嚣；
我欲掩耳疾走。

容膝斗室中，壁间悬起此一幅
清趣；我想起了豆架瓜棚，我想起了
山中明月，我想起了江上清风。

然而远了，远了，且醉于
这邈远之遐想吧；
一口气我点完了三支烟卷。

三十七年八月廿二日夜二时

南京《和平日报》1948 年 9 月 5 日

## 陆　人

# 种花

开落在古宅第里面的秋海棠，
道旁的小花，时常引我们出神，
我们叹息，但又觉得有多惆怅；
因为再也找不到那种花的人。

一句话，一个姿势，一种好声音，
也在我心里开着秘密的花朵，
但栽植它们的男女并未留心，
像候鸟丢下异地的种子飞过。

呵，好好地思想，忠实地去生活，
让我们生长有如一株蒲公英，
一任它带翅的种子随处飘落，

开花，变成别人生命里的宝藏，
虽然我们那么像夏夜的繁星：

谁也望不见属于他自己的光。

八月九日

《大公报》1948年10月3日

## 王道乾（1921—1995）

# 日常生活

他吃完一只桃就死了
他陪朋友抽完一枝烟卷就死了
这人一伸手就死了
他死在澡盆内当他在胸上抹肥皂

有只手指你：有甚么值得笑！
看看你身后堵着一团黑的是甚么！
你面孔即将拉直凹陷，
脂粉一块一块跌落像破墙的白垩。
树上顶好的大粒熟透樱桃
绝不是为你甜香；
发好的面粉，灶炉里的饼，
全好了全齐备了，绝非给你！

《平明日报》1948 年 10 月 31 日

## 蓝　本

# 整数 1 之分割

挥泪风前，
送辞 1/2 之我。

拖着黑影归来，
将浴室的铁门
紧紧带上。
然后，
浸我之 1/4 于冷水，
归我之 1/4 于冥想：
　　哀哉人世！
　　独诗中有此完整的
　　1/2 + 1/4 + 1/4 = 1
　　之公式。

《异端》1948 年 11 月 1 日第 2 号

## 胡　启

### 太迟篇

你的美丽，哦，小姐，真是人类的骄傲。
美即真理。
在你的面前，我的膝跪下了。
我祈求你的爱，不再走开，
即使你的应允已经太迟，
而我已成化石。

《异端》1948 年 11 月 1 日第 2 号

## 王巨儒（1921—2009）

# 夜行的构思

欢喜走最黑最黑的街
感谢它，像感谢路标指示迷途
因为看不见了自己
脚步牵着脚步，如手温手
呵，你陪伴我？你，好心啊。

多荒诞的人情
水淹了水似的了解
一片充满的空旷。
摸得到的悬崖的温暖。
黑边画框里镶定一张漫画的激荡。

转开了路角
有人抽一口银青宝刀
割断密排的黑蒺藜，
满街白色的血

惊愕路灯滤出我的影子
像只黑蝙蝠扑在花墙上。

上海《益世报》1949 年 2 月 23 日

## 沙　蕾（1912—1986）

### 愿

愿我停留在你的小室里吧
愿我停留在你的温柔的谴责上醒来。

有好多世纪我是沉睡着的，
我像冰一样地固执，
感到寒冷。

我的生命一直在收缩；
而现在，却因你的缘故又变成流水。

一、一三、晨，四六

上海《益世报》1949 年 4 月 7 日

方　鱼

# 爱纳思来了

爱纳思，生活在我梦里的人，
她来了。
她是那么瘦削忧郁，
抱着她的孩子。

当她坐在我身边谈着话，抽着烟，
是怎样的图画啊！
“不快乐吗”？
她以苍白的微笑回答我。

我们舞着，谈着，
幸福是多么邻近呀！
而爱纳思是忧郁的，
她的眼睛里映出午夜和大海的影子。

我将怎样来温暖你呢，亲爱的姊妹？

我的灵魂是燃烧而颤抖着。
假如我说我能给你阳光和花束，
你将怎样回答我？

但我却是虔诚地无言地
致献给你的。
看哪，我也是瘦削，忧郁，
如你一般。

我曾在茫茫的人海中找寻你
一如我找寻我自己的失去的魂魄。
现在，你来了，
你是同着我的梦想一同来了。

你来了，爱纳思，
同着你的忧郁和你的孩子。
我将无数的祝福如花瓣
覆盖着你的忧心。

我想到遥远的地方？岁月，
和你。
爱纳思生活在我梦里的人，
她来了。

上海《益世报》1949年4月19日